모모네 자수 일기

모모가 태어나고,
아오가 오빠가 되어 가는
386일간의 기록

가계도 모모네 가족을 소개합니다

에미코 4년차 엄마. 금속 조각을 전공했지만 지금은 일상에서 발견한 종이 등의 재료로 자수나 모빌을 만들고 있음. 아티스트로만 살고 싶었으나 미술관, 부동산, 대학 등지에서 생계형 노동자로 일하는 중. 여전히 어떻게 살아야 할까 고민하며 매일 빨간 실로 자수 작업을 하는 기록가.

히데 아이의 마음을 가진 채 어른이 된 아빠. 석조가이지만 석조만으로는 생활이 어려워 대학이나 미술관에서 여러 일을 하고 있음. 온화하고 낙천적임. 상냥하고 취미가 많으며 지식이 풍부해서 주변에 항상 사람이 많음. 아이들을 좋아하긴 하지만 어떻게 대해야 할지 몰라 주로 지켜보거나 사진을 찍음.

아오 자기 마음대로 하고 싶어 하는 자유인. 특히 자는 것을 싫어함. 울트라맨 음악에 춤을 추는 것을 좋아하고, 세상에서 도둑을 제일 무서워함. 다정하고 섬세한 편이지만, 수다쟁이에 조금 따지기를 좋아하는 구석이 있음. 매일 무언가를 만들거나 그림을 그리곤 함.

모모 먹을 때 가장 행복해 함. 야무지게 잘생긴 딸. 오빠 아오가 하는 것은 모두 따라하려는 따라쟁이. 웬만한 일에는 크게 동요하지 않고, 어디서든 잘 자고 잘 웃음. 온화하지만 의외로 고집스러움. 조용하면 주로 무언가(잡초, 종이, 카펫 테두리 등등)를 뜯어먹고 있음.

刺繡日記

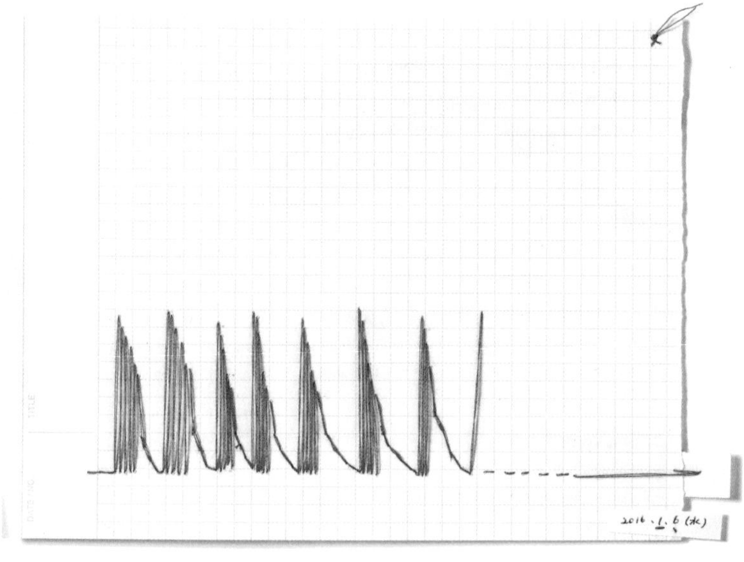
2016.1.6 (水)

1월 6일 수요일

태아의 심장 소리는 상상보다 더 빠르고 격렬했다.
살아 있다는 건 이토록 에너지로 가득하구나.
예정일까지 두 달 남짓 남았다.

1월 7일 목요일

혼자만의 시간, 아침.
사치스러운 행복.

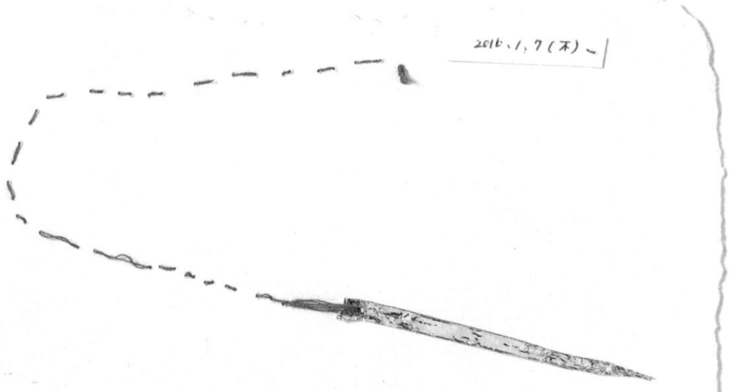

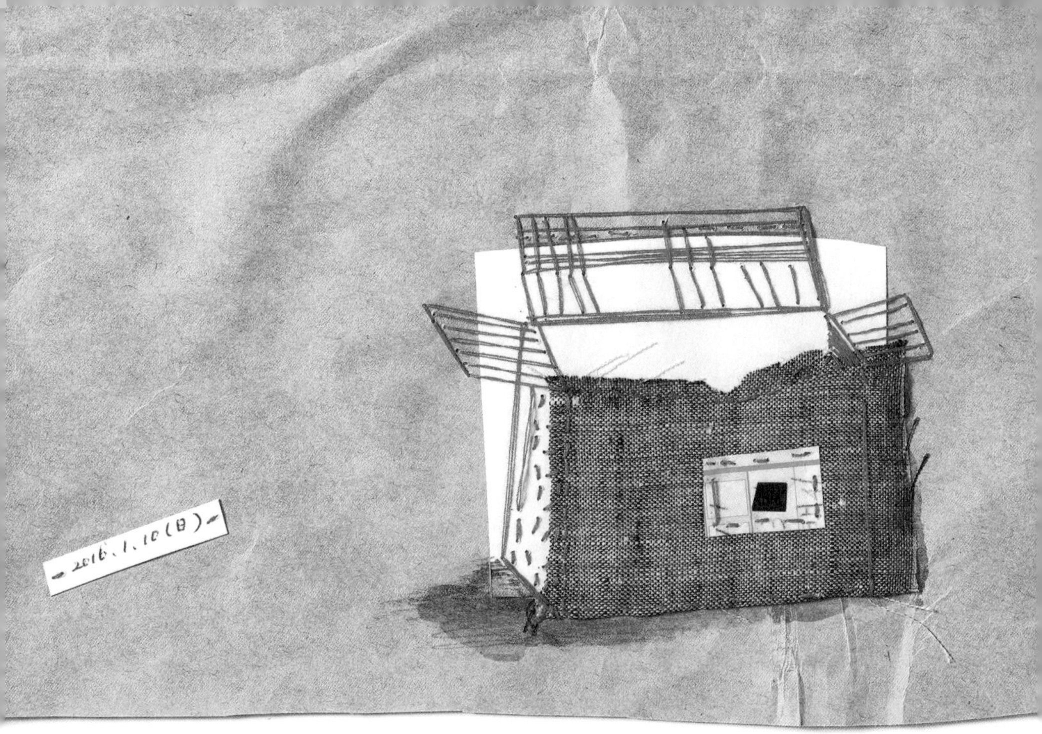

1월 10일 일요일

엄마가 소포를 보냈다.
손수 만든 아오 바지랑 바나나, 김....
상자가 그득하다.
고마워요, 엄마.

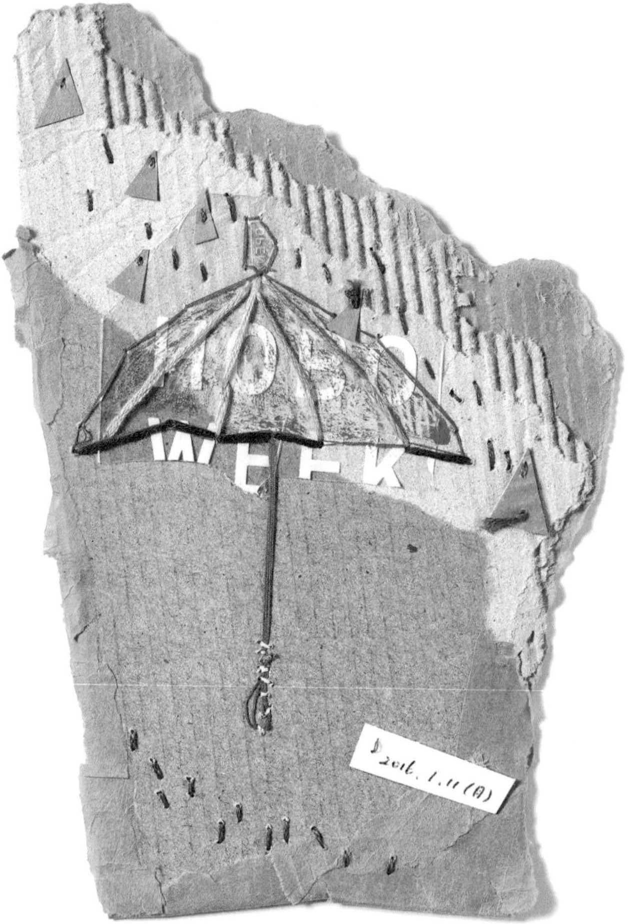
2016. 1. 11 (日)

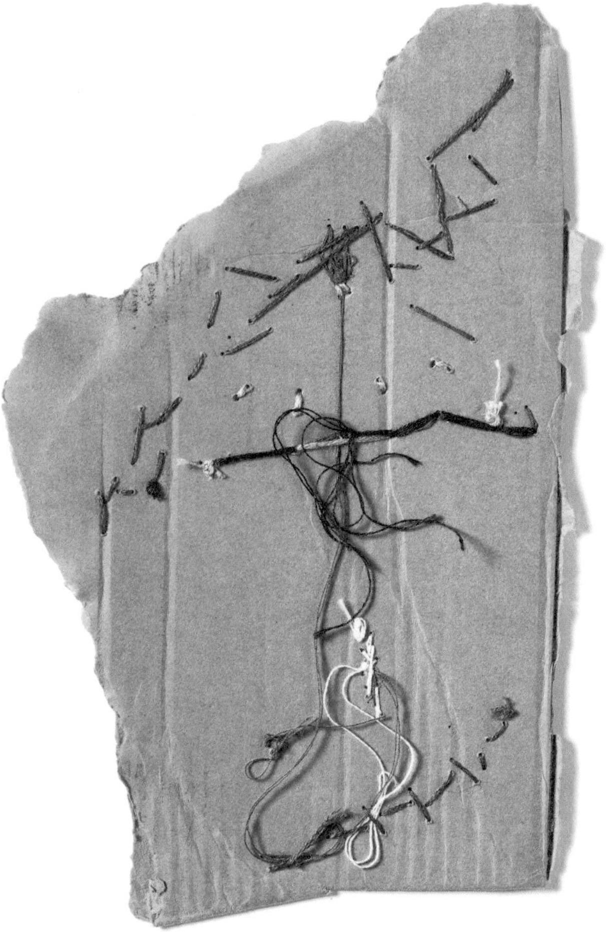

1월 11일 월요일

비 오는 날, 벚꽃색 접이 우산.
"엄마랑 같이 쓰자. 다 젖잖아"라고 말했지만
아오는 "나 혼자 쓸 거야"란다.
하는 수 없이 우산을 쓴 아오를 목말로 태워 집에 돌아왔다.

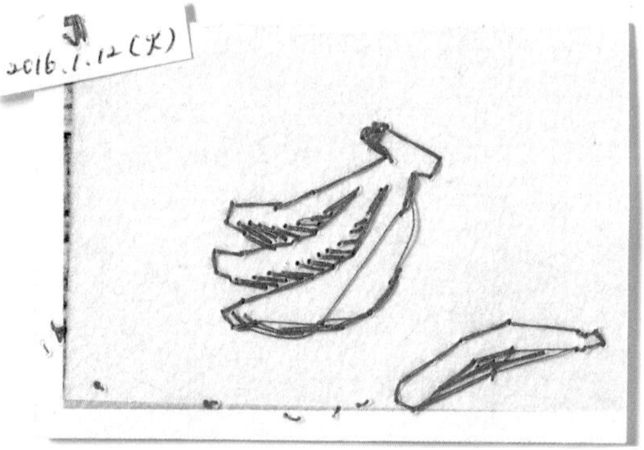

1월 12일 화요일

바나나 전쟁.
세 살이니까 아침으로 바나나 세 개를 먹겠다는 아오.
하나만 먹자고 설득하는 나.
아오는 계속 울었지만,
오늘만큼은 아들 고집에 굴하지 않겠다고 마음먹었다.
결국 두 시간이 지나서야 아오를 어린이집에 데려다줄 수 있었다.
눈 오는 날, 나에게는 별일 아니었지만 아오에게는 큰일이었겠지.

1월 14일 목요일

내 배를 위에서 내려다보았더니,
동그랗고 딱딱한 게 꼭 피구 공을 안고 있는 것 같았다.
오늘따라 아기가 많이 움직인다.

2016. 1. 23 (土)

1월 23일 토요일

남편이 "작아도 우리만의 집이 있다는 건 좋은 것 같아"라고 말했다.
나도 그렇게 생각해.

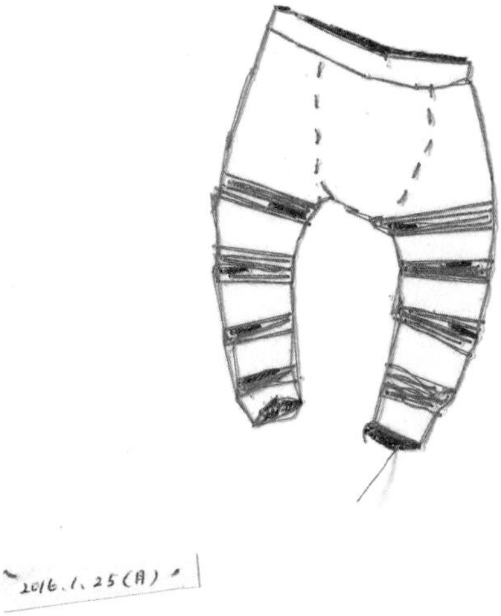

1월 25일 월요일

올 들어 가장 추운 날.
아오를 위해 내복 바지를 준비했더니
아오가 내복만 입고 외출하겠다고 고집을 부렸다.
친절이 오히려 화근이 되었다. 흑흑.

1월 27일 수요일

세 살 3개월.
이 시기에는 고집이 세지는 것일까?

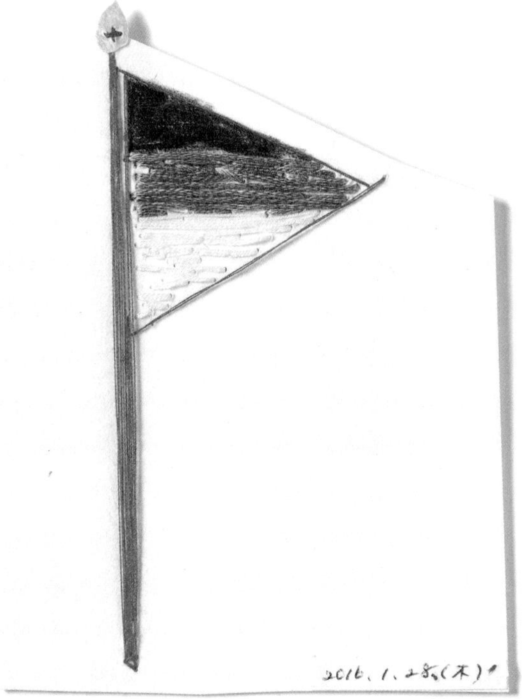

1월 28일 목요일

예전에는 나도 흑백이 분명한 성격이었다.
회색 지대가 생긴 것은 언제부터일까.

1월 29일 금요일

눈이 피곤하다.

1월 30일 토요일

아오가 처음으로 울음을 터뜨리지 않고
어린이집 재롱잔치에서 달팽이 연기를 해냈다.

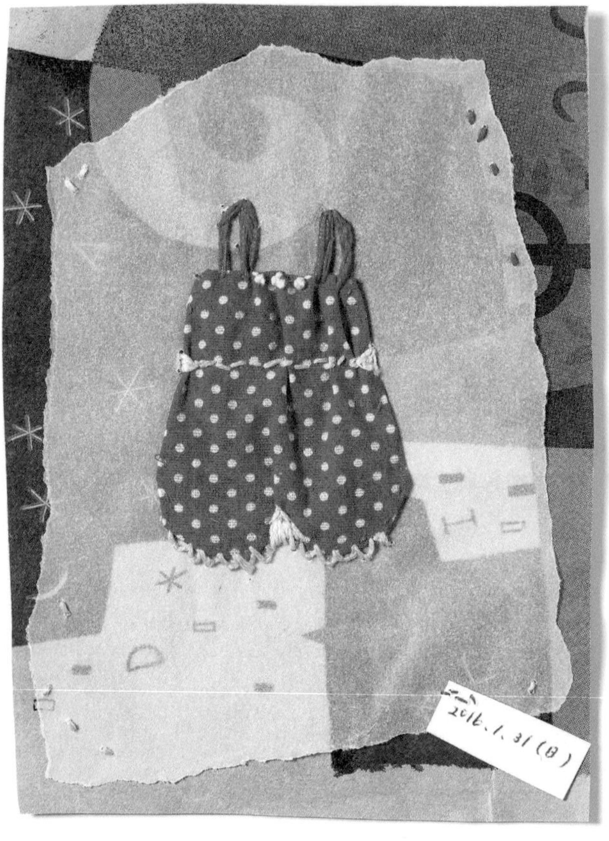
2016. 1. 31 (日)

1월 31일 일요일

대학 친구가 추억이 담긴 아기 옷을 보내왔다.
이 사이즈 옷을 입는 기간은 정말 짧지만
마음에 남은 기억은 오래가겠지....
소중하게 입힐게.

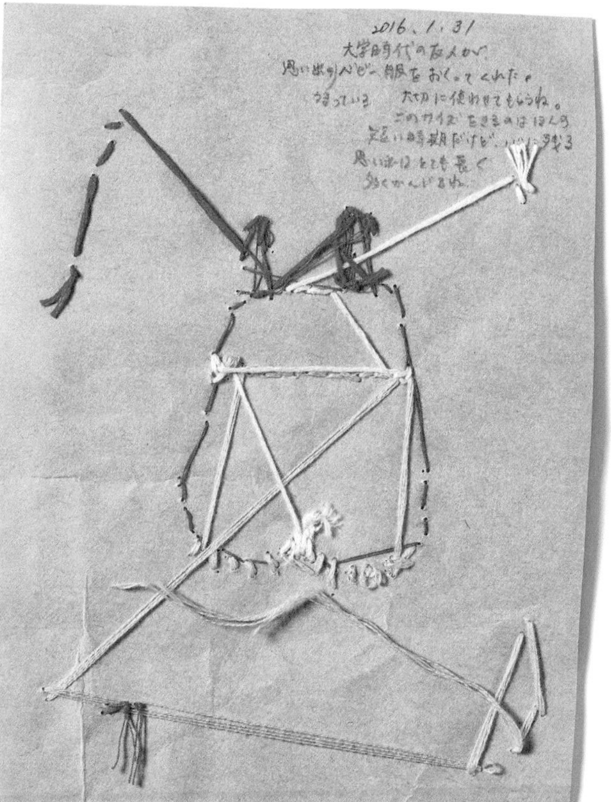

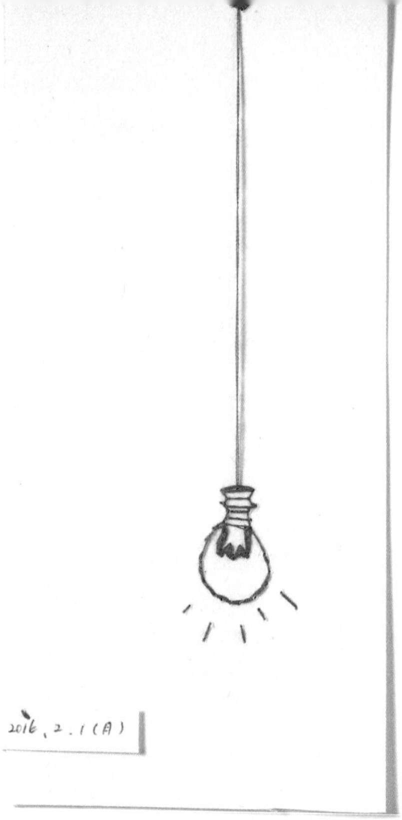

2월 1일 월요일

새벽 3시 25분.
눈이 떠지고 말았다.
좀처럼 잠이 오지 않는다.

2월 2일 화요일

아오가 "엄마는 일하고 있어"라며
세 살 아이 나름의 배려를 해 주었다.

2월 3일 수요일

달달한 딸기 팬티.
아기는 뱃속에서 순조롭게 자라고 있다.

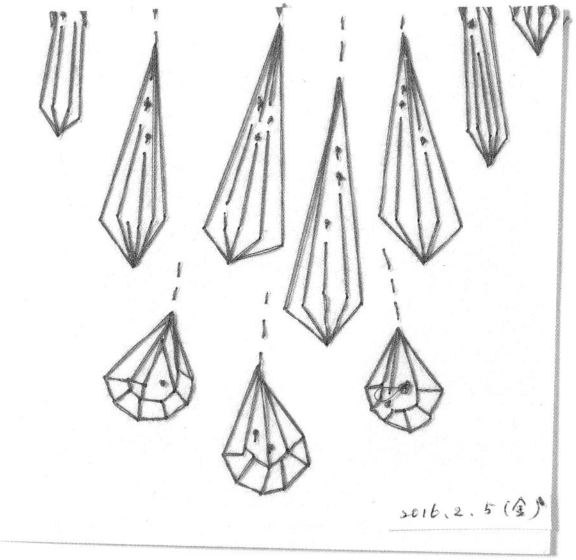

2월 5일 금요일

친구가 모빌 만들 때 쓰라고
유리로 된 샹들리에 부품을 보내왔다.
사람들의 마음과 도움으로 모빌이 점점 변해 간다.
고마운 일이다.

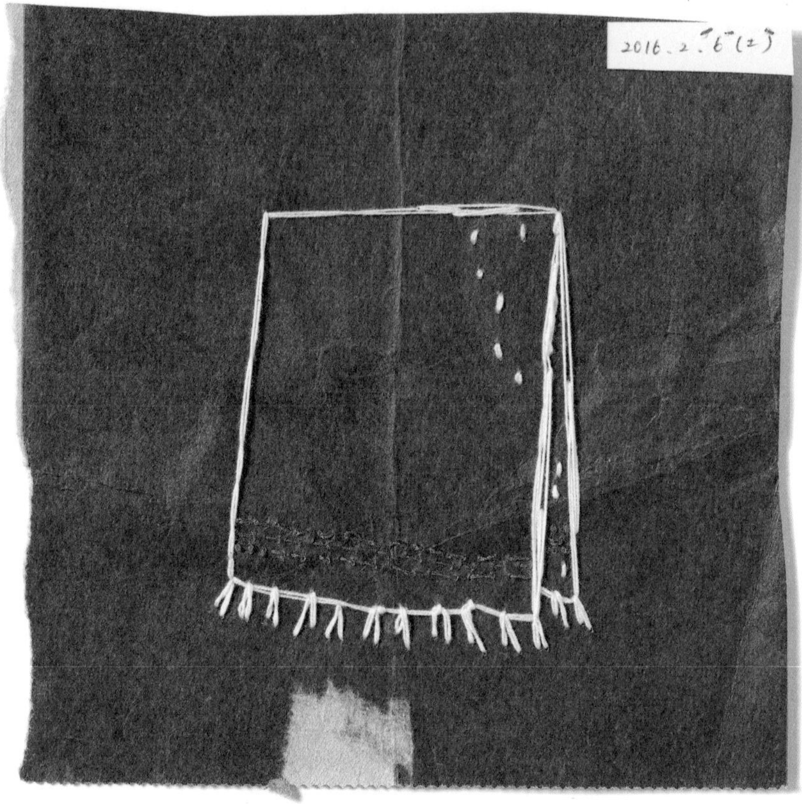

2월 6일 토요일

문득 눈에 들어온 수건 한 장.

2월 9일 화요일

내 몸속에 공존하는 또 하나의 존재.
꿈틀꿈틀 자유롭게 움직인다.
아프다....

2월 13일 토요일

출산 예정일까지 3주 정도 남았다.
배가 눈에 띄게 나오기 시작했다.

2월 16일 화요일

메일이나 전화도 좋지만, 나는 편지나 엽서가 더 좋다.
오늘 아침, 편지를 붙이러 간 우체국에서 직원분이 친절하게 대해 주었다.
이제 누가 봐도 임신부인 모양이다.

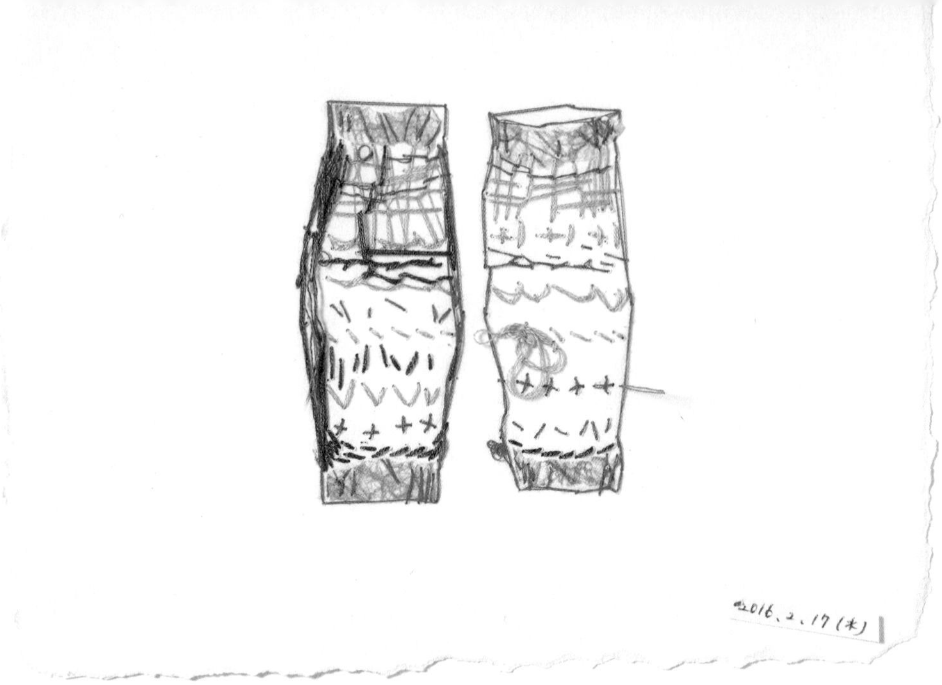

2월 17일 수요일

코끼리처럼 부은 다리.
배 때문에 몸을 굽히기도,
밤에 잠을 제대로 자기도 힘들다.
이런 많은 변화도
엄마가 되기 위한 준비일까.

2월 18일 목요일

몇 시간이라도 가만히 볼 수 있을 것 같은,
아들의 자는 얼굴.
눈썹을 찡그리기도 하고, 숨소리를 내기도 한다.
한참을 바라보다 앞치마를 걸치고 식사 준비를 한다.
아기가 태어난 후에는 출근이 아닌,
이런 일상이 당연할 걸 생각하니 왠지 신기하다.

2016, 2, 20 (2)

2월 20일 토요일

작은 계기로 시작해 6년 정도 해오던 일을 마무리했다.
끝이 아니라 새로운 시작이 되길....

2월 21일 일요일

곧 새 식구가 생길 테니
아직 몸을 움직일 수 있을 때 방 배치를 바꾸었다.
소파 아래에서 발견된 가면 라이더 인형, 플라스틱 오렌지, 장난감, 색종이....

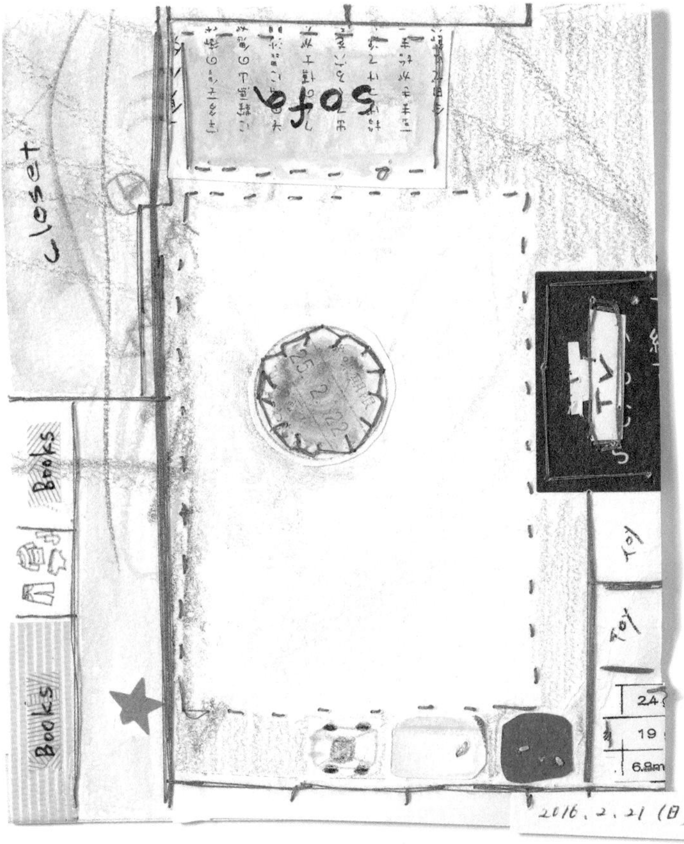
Closet
Books
Books
sofa
TV
Toy
Toy
2016.2.21(日)

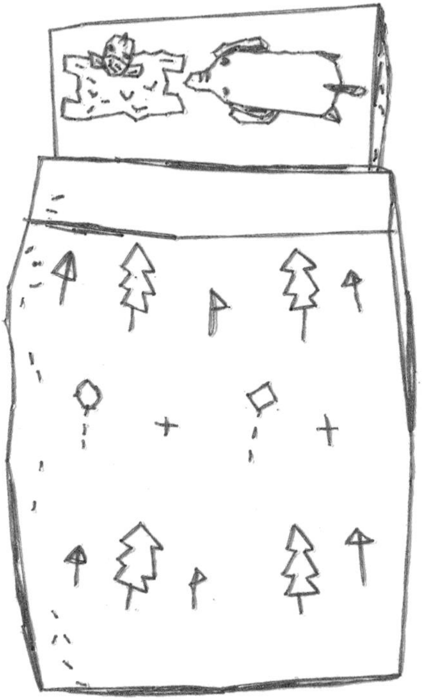

2016.2.22(月)

2월 22일 월요일

요즘은 새벽 5시쯤이면 꼭 눈이 떠진다.
긴장이 되는 걸까.
아오는 언제나처럼 내 오른편에서 자고 있다.

2월 23일 화요일

아오의 손을 잡고 한가롭게 걸어서 어린이집에 데려다주었다.
집에 돌아와 집안일을 하며 자수도 콕콕.
이런 여유가 앞으로 며칠이나 더 있을까.
배가 더 내려온 듯한 느낌이 든다.

2월 24일 수요일

아침을 먹고 나서 나도 모르게 잠이 들었다.
점심을 먹은 후 교토에 사는 친구와 통화를 했더니
출산을 앞두고 긴장되었던 마음이 편안해졌다.
저녁을 먹다가 아오가 히터에 살짝 데었다.
밥을 먹은 후에는 아버지와 오랜만에 통화를 했다.

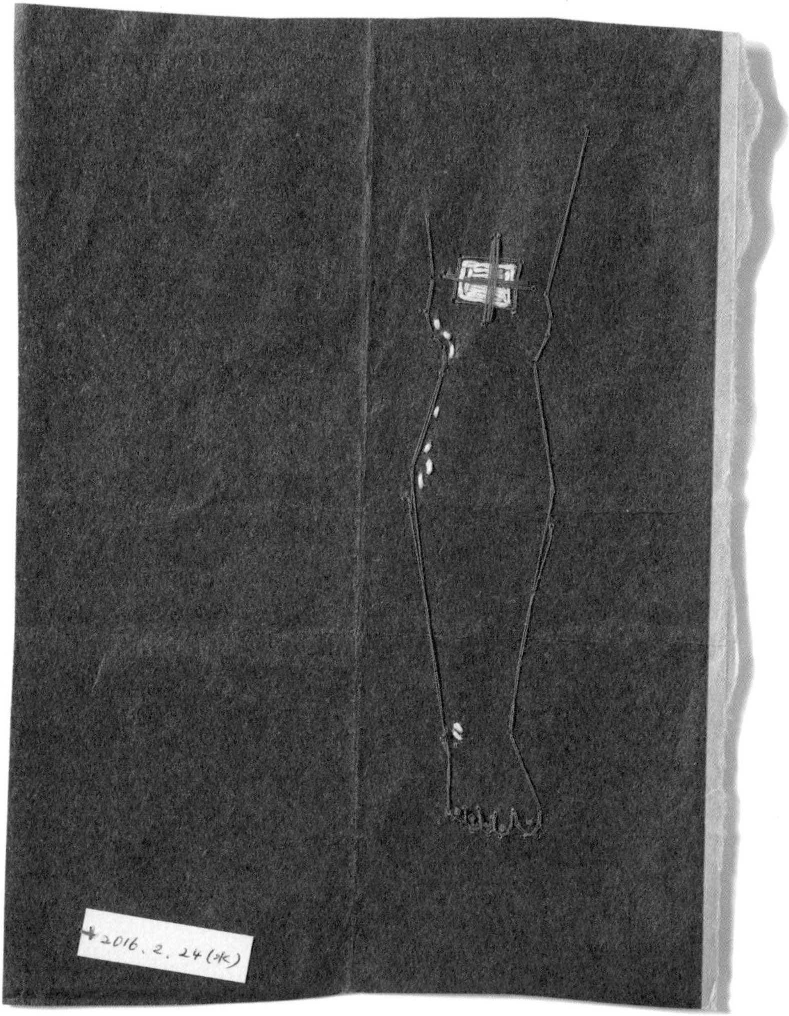
2016. 2. 24(水)

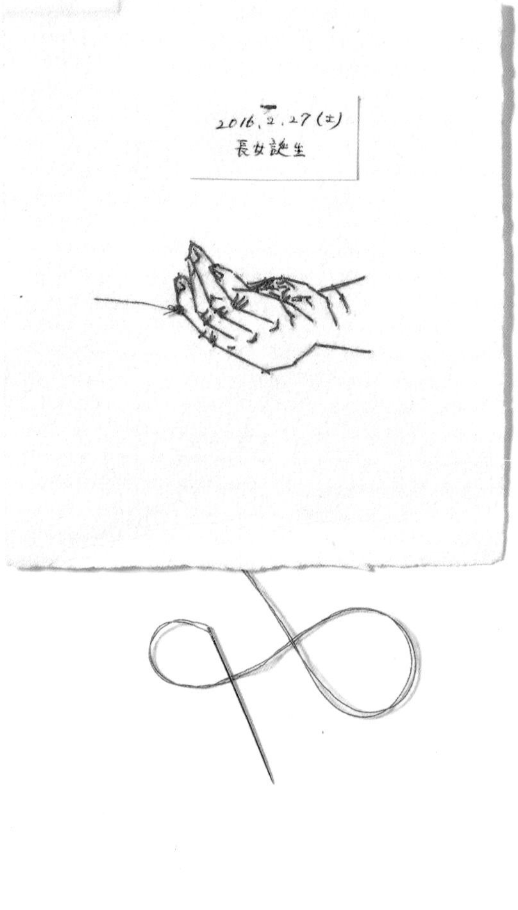
2016.2.27(土)
長女誕生

2월 27일 토요일

오늘은 맑음. 최고 기온 10도, 최저 기온 3도.
아기가 태어났다.
쪼글쪼글한 손.
잘 왔어, 아가야. 얼굴을 보니 기뻐서 웃음이 났다.
"응애" 하고 큰 소리로 우는 새빨간 아기를 보니
귀엽다는 말밖에 나오지 않았다.
(출산한지 6시간 후 병실에서)

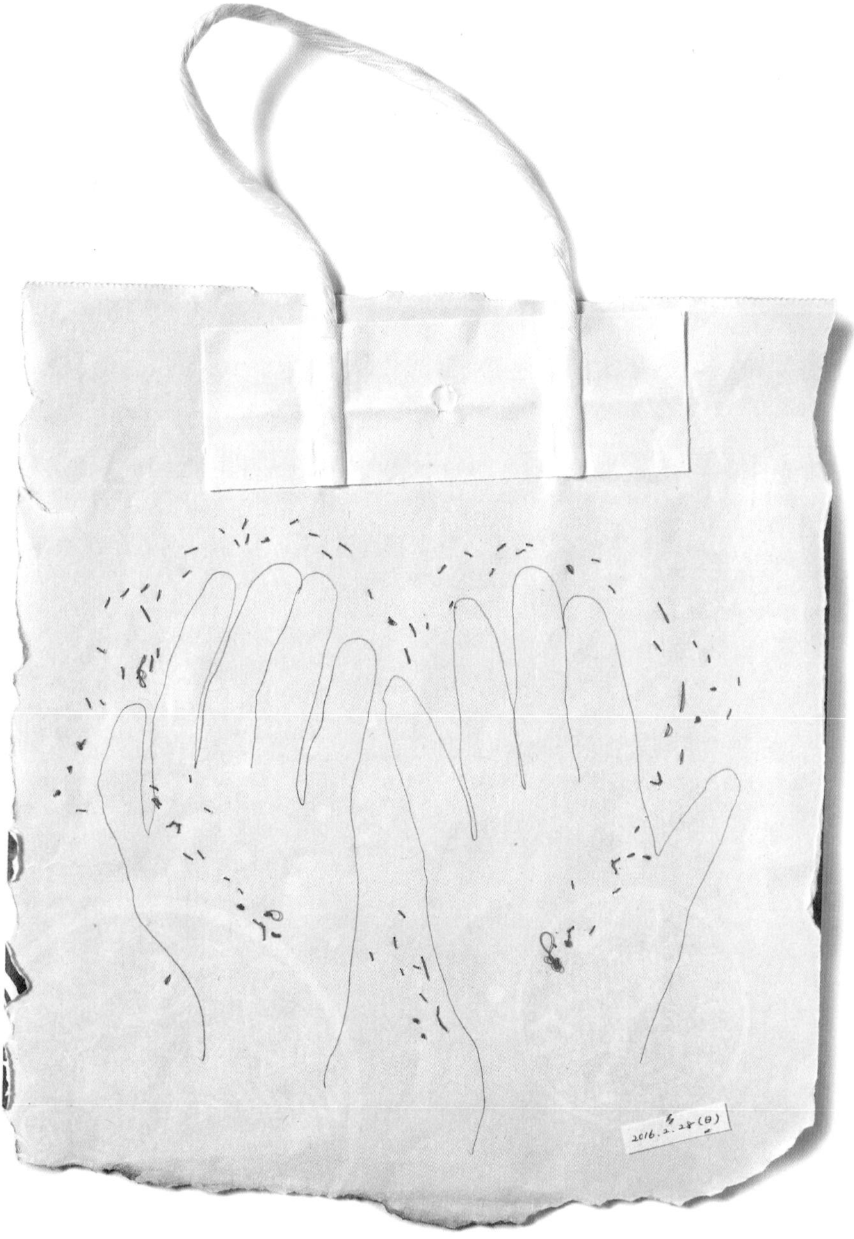
2016. 2. 28 (日)

2월 28일 일요일

손에 지그시 남은
이 따뜻함은 무엇일까.

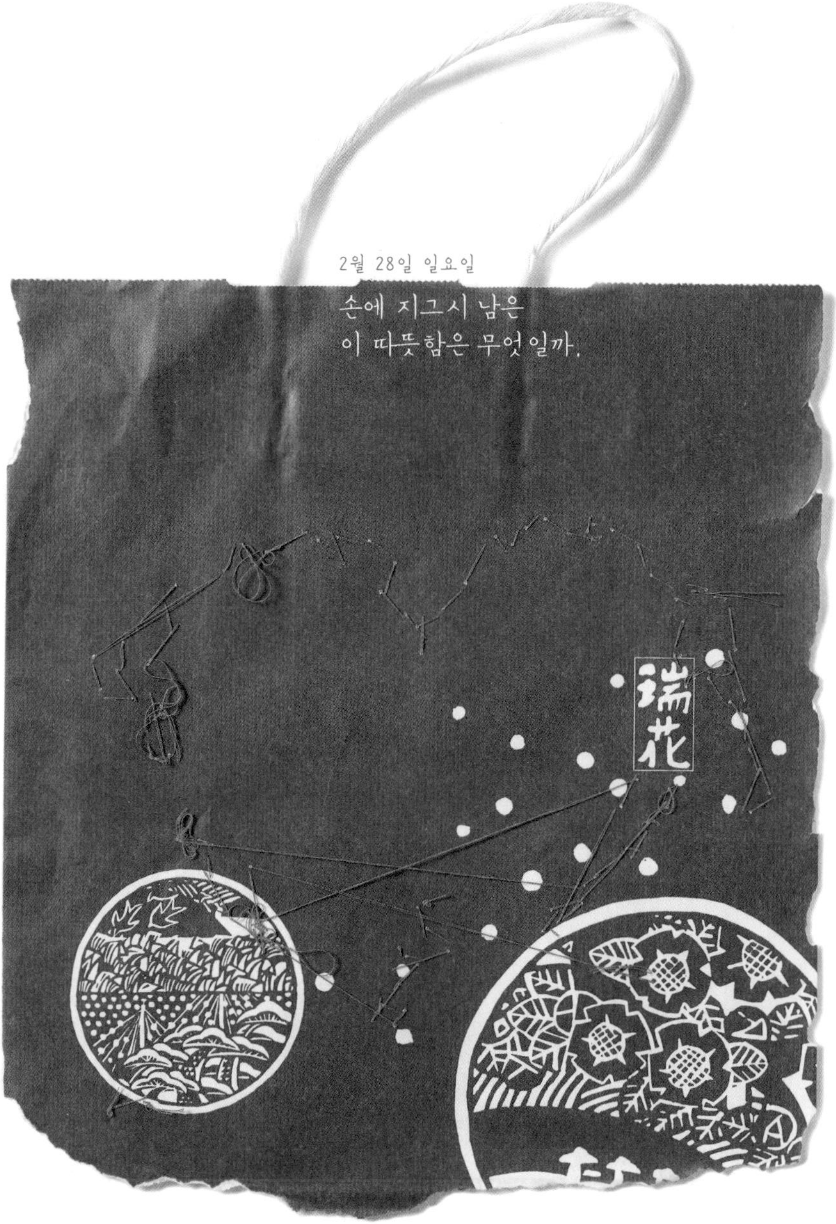

2월 29일 월요일

출산을 하고 이틀이 지난 늦은 밤.
이제야 몸의 무게가 느껴진다.
나른하다.
긴장과 흥분이 사라졌는지,
몸이 깊이깊이 가라앉는다.
어쨌든 지금은 자고 싶다.

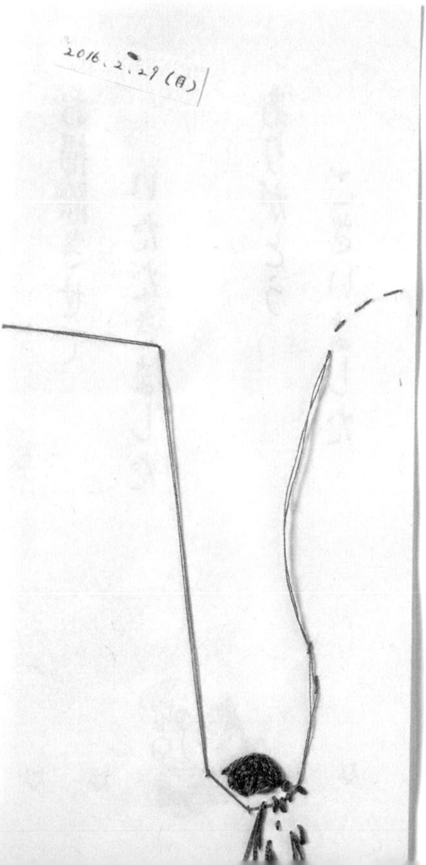

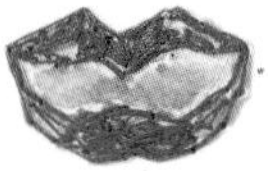

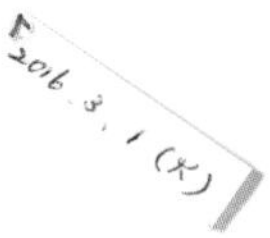

3월 1일 화요일

식욕보다 수면욕이 더 강한 작은 생명.
나에겐 당연한 모든 것이 너에겐 새롭고 자극적이겠지.
눈을 떠서 젖을 먹고 나면 피곤한지 잠이 든다.
젖을 빨려고 눈을 떴다가도 곧 잠이 든다.
조산사 선생님이 '잠자는 공주'라고 부른다.

2016.3.3(木)

内服薬

のみぐすり

渡邊枝美子 様　　5 日分

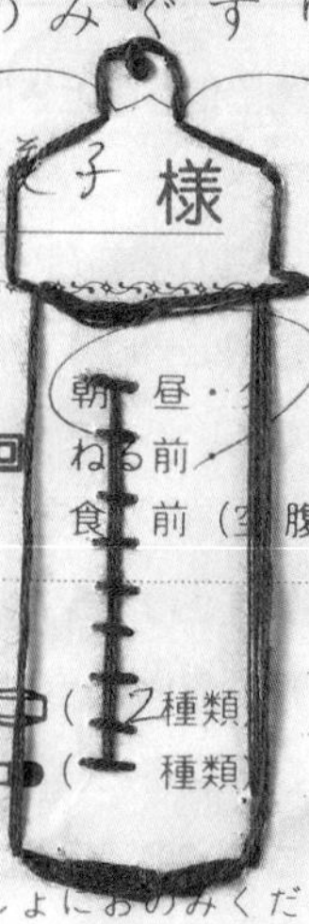

のみかた

1日 3 回　朝・昼・夕　ねる前・　……時間毎

食前（空腹時）・食後

1回に
- こなぐすり　……包
- 錠剤（ 2 種類）1 錠
- カプセル（ 種類）……個

づつ

いっしょにおのみください

28 年 2 月 27 日

お大事に

鈴木レディス ホスピタル

〒921-8033 金沢市寺町2丁目8番36号

☎ (076) 242-3155(代)

3월 3일 목요일

히나 마츠리 날, 우리 집 공주는 퇴원을 했다.
모유를 어제까지는 20ml도 못 먹더니
오늘 아침에는 두 배인 40ml를 먹었다.
아기는 3일분의 도시락을 가지고 태어난다는데....
그 기간도 지났으니 이제 자기 힘으로 살기 위해
한 걸음을 디딘 셈이다.

*히나 마츠리 매년 3월 3일에 여자아이의 행복을 기원하며
제단에 인형을 장식하는 일본 민속 축제.

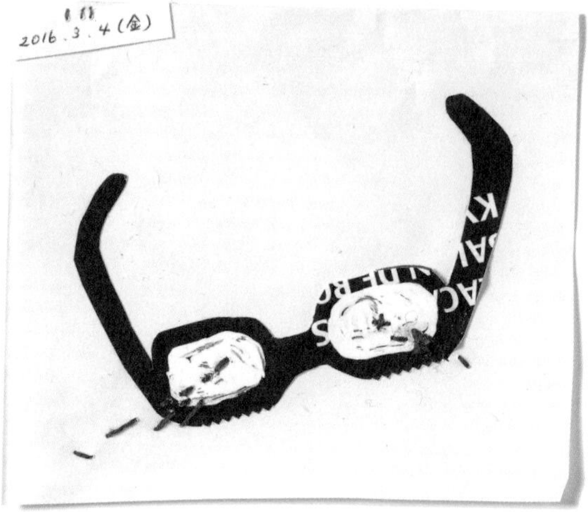

3월 4일 금요일

원래대로라면 오늘이 출산 예정일인데,
아기와 함께 집에서 보냈다.
시력이 꽤나 나빠졌다.
눈 안쪽이 아프다.
입원해 있는 내내 오후 5시부터 한 시간 동안
아오와 소중하고 친밀한 시간을 보냈다.
매일 아오를 병원에 데리고 와 주신 어머니, 감사합니다.

3월 5일 토요일

돌, 나뭇가지, 꽃, 풀....
"자, 엄마 선물이야. 장식해."
모모에게 수유를 시작하면서 내 주변만 빙글빙글 도는 아오.
네 안에 여러 가지 생각이 공존하는 거겠지.
오빠가 될 수 있을까.

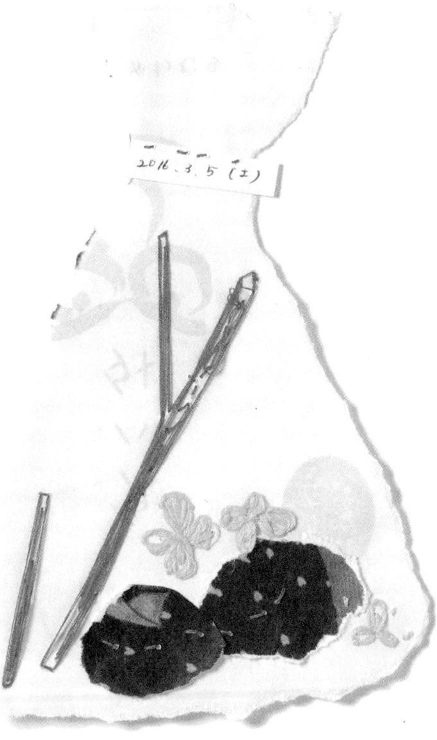

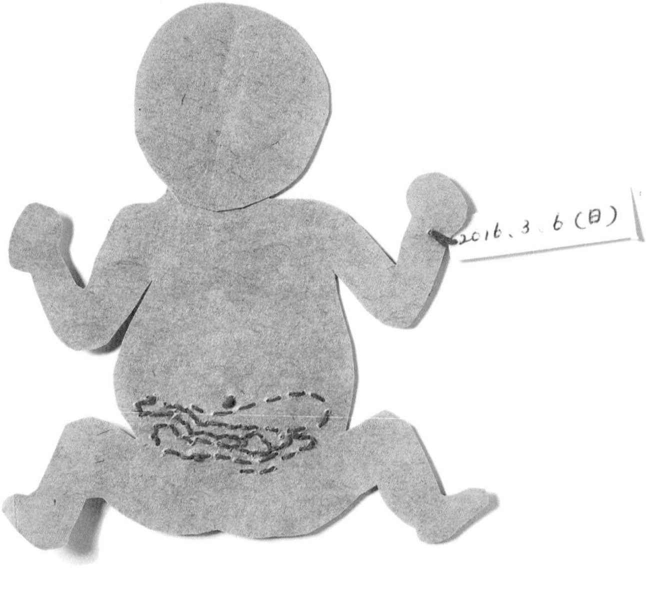
2016. 3. 6 (日)

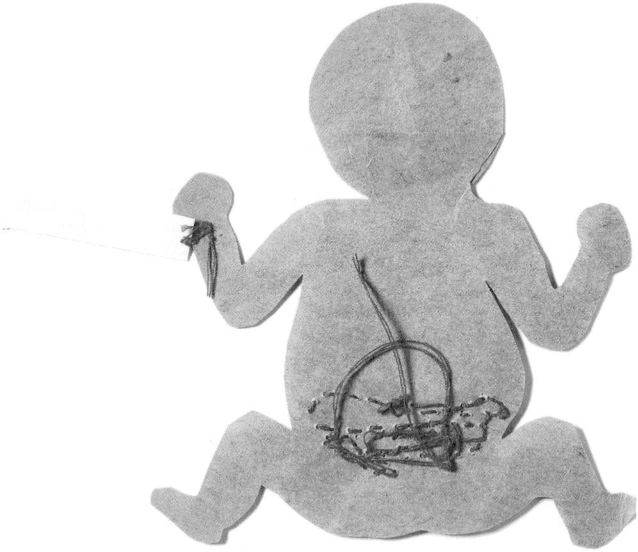

3월 6일 일요일

신생아는 몸이 작고 장이 제대로 자리 잡지 못해 토하기 쉽다.
몸무게가 늘고 키가 크면 장도 잘 자리를 잡는다는데....
모유 많이 먹고 어서 크렴.

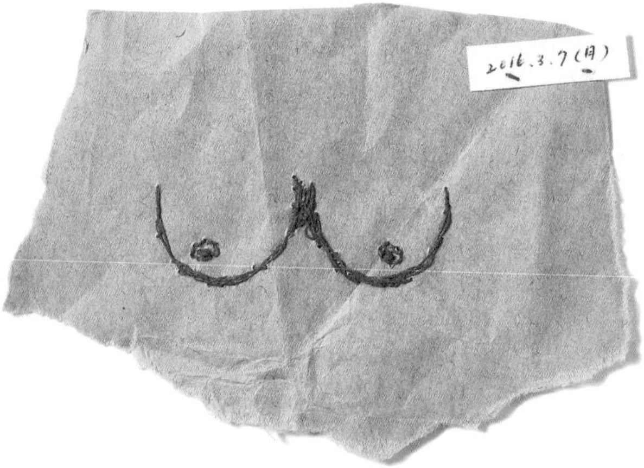

3월 7일 월요일

내가 먹은 음식을 그대로 아기가 먹게 된단다.
모모가 제대로 된 식사를 할 수 있게 해 줘야 할 텐데....

3월 9일 수요일

열흘간 있어 주신 시어머니가 집으로 돌아가셨다.
요리도 잘 하고, 편안하며, 애교 만점인 귀여운 분.
감사합니다, 어머니.

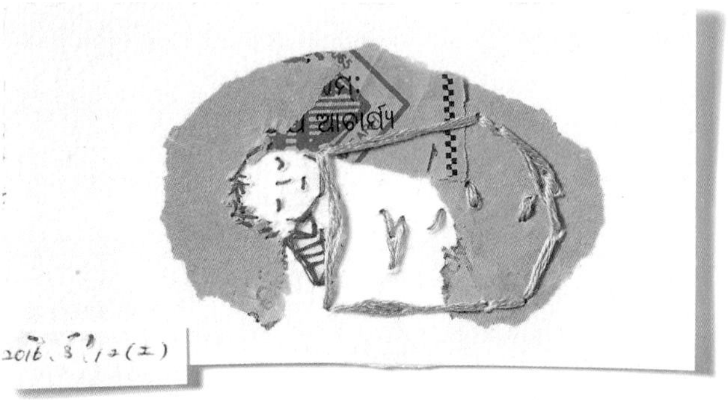

3월 12일 토요일

수유 쿠션에 쏙 들어가 잠자는 딸.
표정이 너무나 기분 좋아 보여 나까지 잠이 온다.

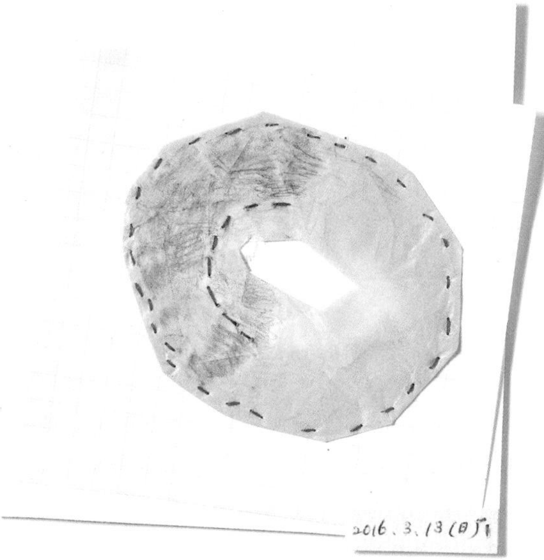

3월 13일 일요일

세 살 아오는, 모모가 태어난 후로 야단만 맞으면
"나 같은 건 없어져 버릴 거야!"라고 말한다.
없어지지 마, 아오.
오후 3시의 간식은 아오가 좋아하는 도넛.

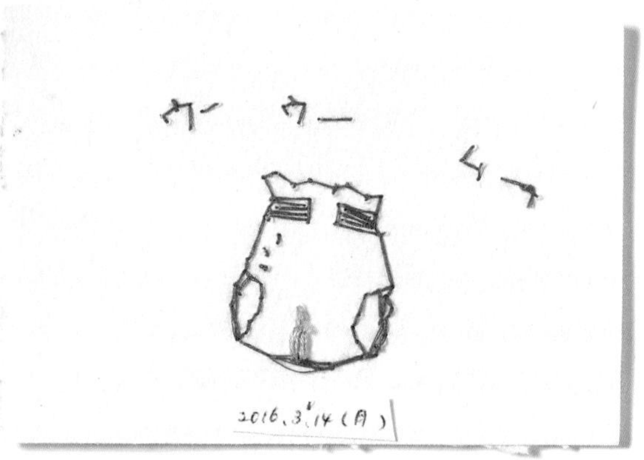

3월 14일 월요일

너무 괴로워 보이는 얼굴, 힘든 목소리.
바라보는 사람마저 손에 땀을 쥐게 한다.
힘내!
마침내 노란색 응가를 싼 모모.

3월 15일 화요일

아기에게는 옆에 있는 사람을 여유롭게 하는 힘이 있다.

3월 17일 목요일

아오가 남편과 함께 집에 오다가 노란 꽃을 꺾어 왔다.
"엄마 꺼, 이모 꺼, 모모 꺼."
귀여운 목소리로 말하며 꽃을 건네는 아들.
봄이 바로 코앞이구나.

3월 21일 월요일

출산하고 집에 온 후 처음으로 외출을 했다.
감정이 파도처럼 일렁인다.
이 짜증은 불안 때문일까?

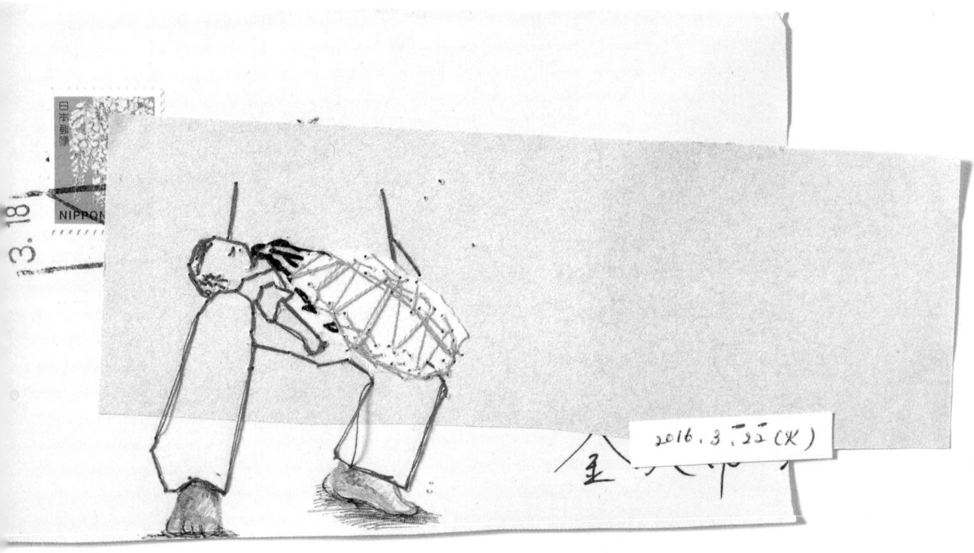

3월 22일 화요일

'할아버지'라는 말에는 특별한 마법이라도 숨어 있는 걸까.
할아버지에게만 가면 모모가 금세 잠이 든다.

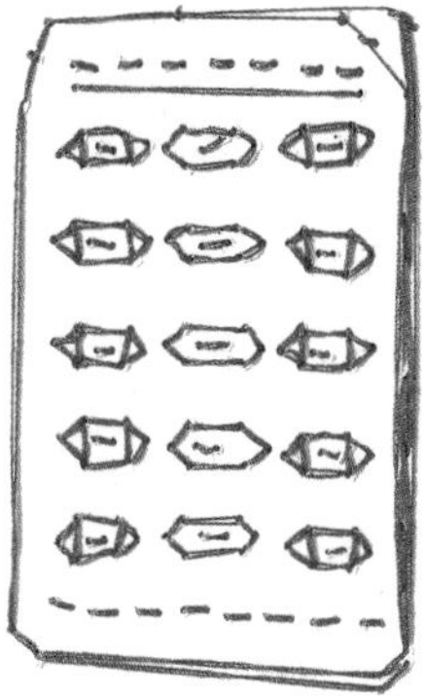

2016.3.23(水)

3월 23일 수요일

엄마와 아들의 대화.
"엄마가 내일은 어린이집에 마중 갈게."
"어? 괜찮아? 밖에 나와도 돼? 약 다 먹으면 건강해 질 거야.
조금씩 먹어, 알았지?"

3월 26일 토요일

"엄마, 나가면 안 돼! 나도 갈래."
아오가 울면서 다리에 매달린다.

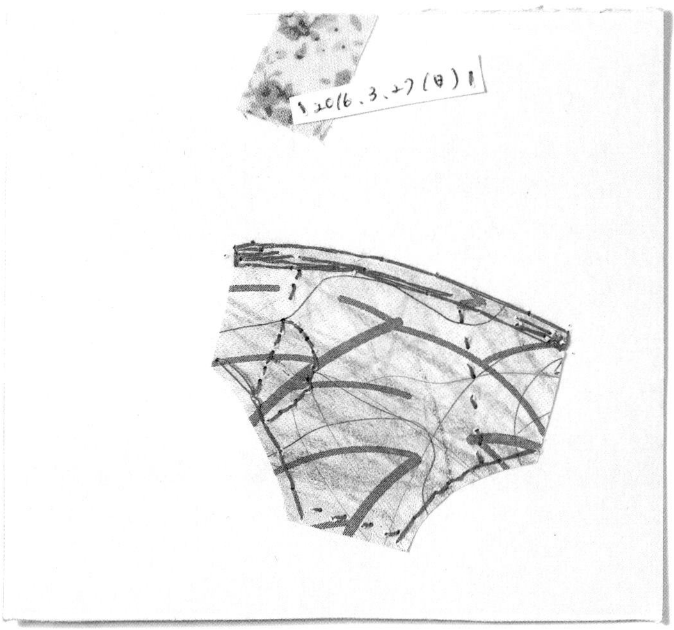

3월 27일 일요일

동생처럼 사랑받고 싶은 아오.
팬티만 입고는 바지를 안 입으려 한다.
"아가도 바지를 안 입었잖아. 나도 나도."
아기로 변하지 않아도 돼.
엄마는 아오도 정말 사랑해!

3월 29일 화요일

만약 이 세상에 시계가 없었더라면 하루를 어떻게 보내게 될까.
사람의 체내 시계는 생각보다 제대로 작동하는 것 같다.

4월 1일 금요일

모모 생후 1개월.
속눈썹이 자랐다.
끝이 조금 말려 있다.

2016.4.1 (金)

4월 2일 토요일

맨발로 이리저리 뛰어다니는 아오.
자연 가까이에 산다는 건 참 행복한 일이다.

4월 3일 일요일

벚꽃이 만개한 날.
나고야로 돌아가는 엄마를 버스 정류장까지 배웅했다.
모모가 태어나고 약 한 달 만에 처음으로
네 식구만의 생활이 시작되었다.
집이 이렇게 조용했었나.

4월 4일 월요일

세 살된 아오에게 매일 밤 책을 세 권씩 읽어 준다.
도감을 읽어 달라고 할 때가 가장 힘들다.

4월 5일 화요일

디저트를 먹는 시간이 가장 행복하다.
나 홀로 케이크 한 조각을 천천히 음미...하려는 순간.
"엄마, 나눠 먹어야지. 반씩, 반씩!" 포크로 꾸욱!
행복은커녕 싸움이 되고 말았다. 흑흑.

4월 6일 수요일

올해 벚꽃은 오늘로 마지막일까.
집에 가는 길, 네 식구가 모여 벚나무 아래에서 사진을 찍었다.
해마다 찍을 수 있으면 좋겠다.

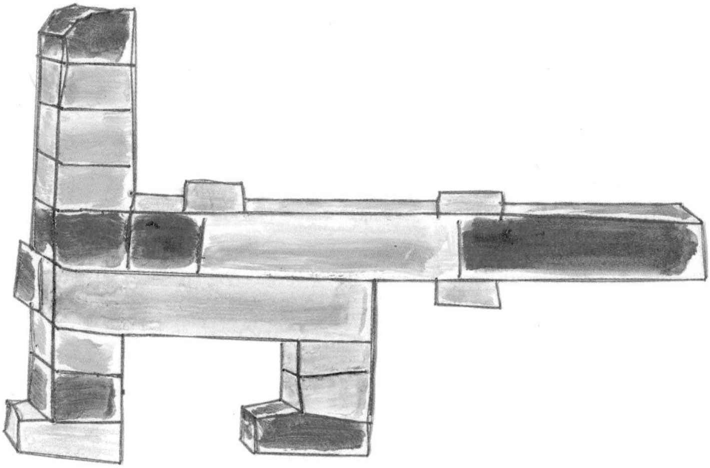

2016. 4. 9 (土)

4월 9일 토요일

"마멘키사우루스!"
모모를 안은 채 아오와 놀았다.
체력이 넘치는 아들 덕분에
엄마는 기진맥진.
네 자매를 키워 내신 엄마, 존경합니다.

4월 10일 일요일

모모를 달래던 남편이 갑자기 모모의 턱을 만지더니,
'턱이 딱딱해!'라고 말했다.
만져보니 정말이다.
생각했던 것보다 훨씬 딱딱했다.

4월 11일 월요일

새벽 5시. 부엌에서 아침 준비를 하는데 우는 소리가 났다.
아이들에게 가 보았더니, 아오가 먼저 일어나
울고 있는 모모 옆에서 눈을 깜빡이고 있었다.
엄마는 기뻐.

4월 13일 수요일

입원 중에 입었던 잠옷을 꺼내 입었다.
아오가 갑자기 "엄마, 그거 병원 옷이잖아!
갖다주고 와! 안 돼!"라며 격하게 화를 냈다.
엄마가 또 없어져 버릴까 무서웠던 걸까.

4월 14일 목요일

모모는 무엇을 보고 있는 걸까.
아기 눈에 이 세상은 어떻게 비칠까.

4월 18일 월요일

표정이 조금씩 생기기 시작한 딸.
공룡에 무척이나 흥분하는 아들.

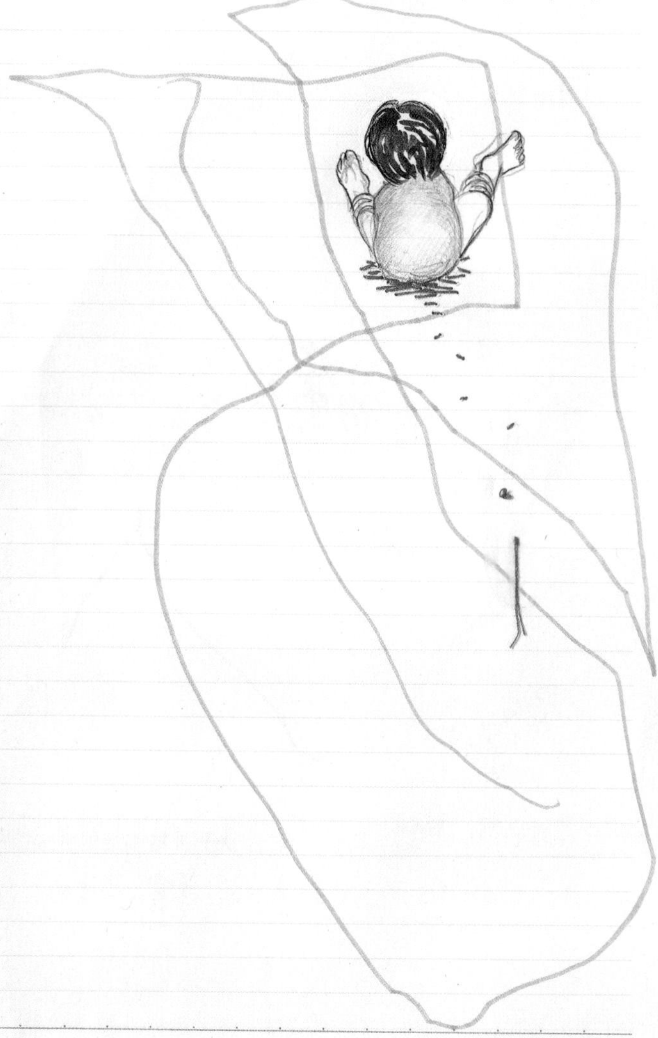

4월 23일 토요일

2016. 4. 23(土)

언제가부터 아들의 등을 보는
시간이 늘어난 것 같다.

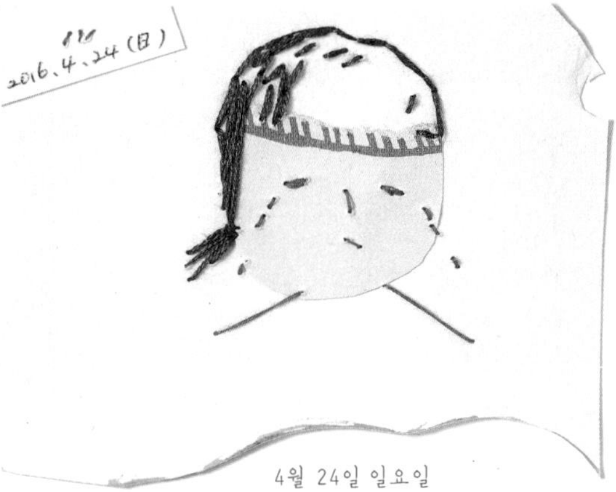

4월 24일 일요일

앞머리에서 새치를 발견했다.
잘 보니 한두 군데가 아니다.

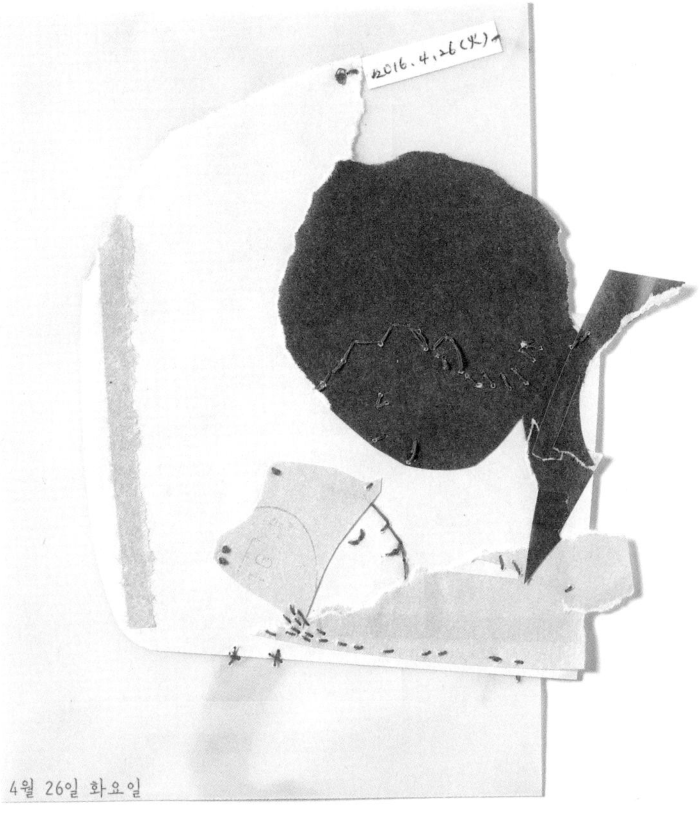

꼬옥 안고 싶거나, 얼굴만 봐도 이유 없이 화가 나거나.
여동생에 대한 오빠 마음은 이 두 가지를 끊임없이 오간다.

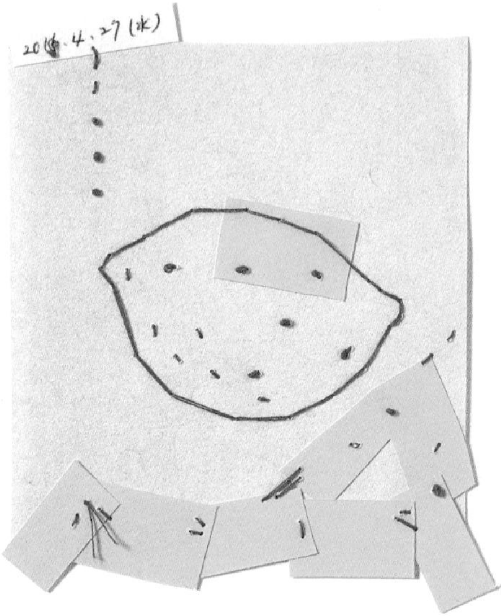

4월 27일 수요일

육아와 집안일 사이에 생긴 30분.
지금이다, 집중하자!

4월 29일 금요일

모모에게는 첫 외갓집 방문.
나에게는 어릴 때부터 변함없는 친정.

4월 30일 토요일

어린 시절 가지고 놀던 장난감을 보고
나도 모르게 "그립다"라고 하자 아오도 따라 "그립다"란다.
다락에 소중히 보관해 주신 부모님, 감사합니다.

5월 1일 일요일

아오가 온 집안을 뛰면서 돌아다닌다.
기분 좋아 보이네.

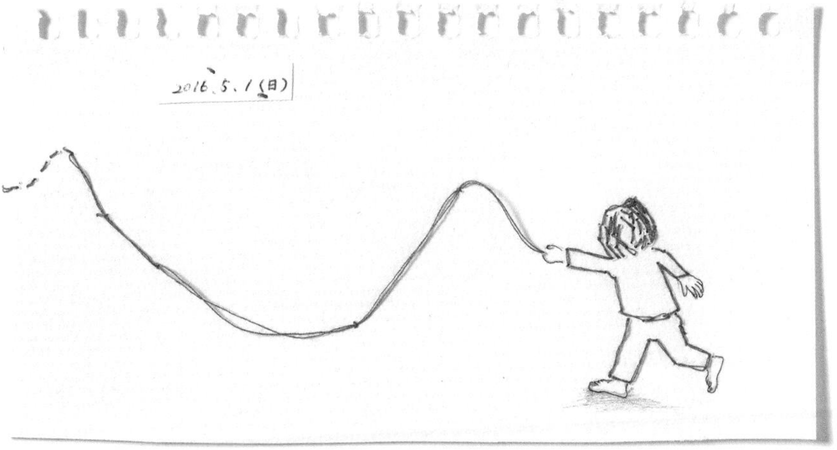

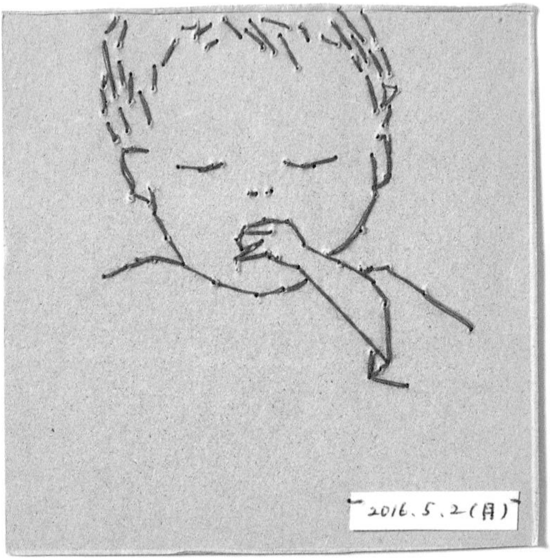

5월 2일 월요일

모모가 왼손을 필사적으로 빨다가 만족해서 잠이 들었다.
잠든 모습을 계속 바라보고 싶다.

5월 5일 목요일

엄마가 모모를 포대기로 싼다=외출=나는 두고 나간다?
아오가 귀여운 목소리로 "엄마, 잠깐만 기다려 줘"라고 외친다.
우유 푸딩을 급하게 먹는 아오를 부모님과 여동생에게 맡기고 외출했다.
마음은 아프지만 부모님과 동생이 만들어 준 나만의 시간.
감사한 마음으로 즐겁게 지내다 와야지.

5월 7일 토요일

아오가 눈을 반짝이며 공원에서 토끼풀을 뜯고 있다.
엄마에게 줄 거란다.
고마워, 아오.

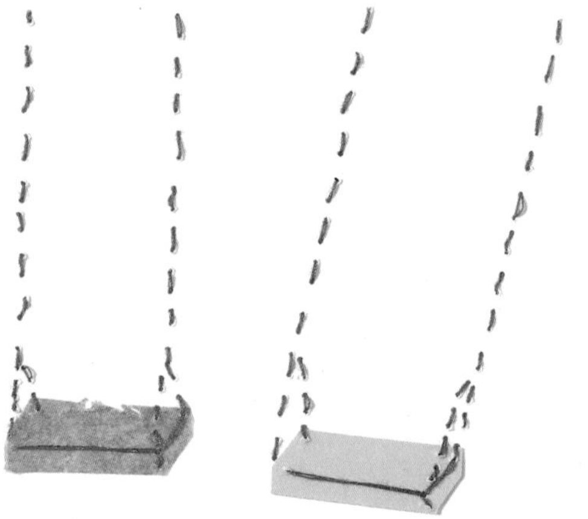

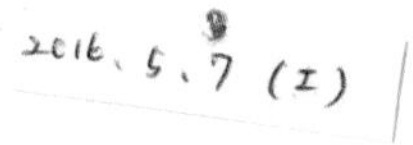

5월 8일 일요일

뒹굴거리면서 활발하게 손발을 움직이는 딸을 보면서
'장어덮밥'을 먹었다.
오늘 모유는 특별한 맛일 거야.

5월 10일 화요일

두고 가는 마음보다
남겨지는 마음이 더 서럽다.

2016. 5. 10 (火)

5월 11일 수요일

모모를 출산하고 다시 일을 하려고 일자리 상담을 받았다.
정성껏 상담해 주는 것 같지만 진심이 아니라는 것이 전해져 왔다.
뭔가 분하고, 패배감이 들었다.

2016.5.11(水)

5월 12일 목요일

한번 심통을 부리기 시작하더니 눈물을 멈추지 않는 아오.
"엄마, 싫어!"란다.
너무 많이 울어서 본인도 뭐가 뭔지 모르게 된 것 같다.

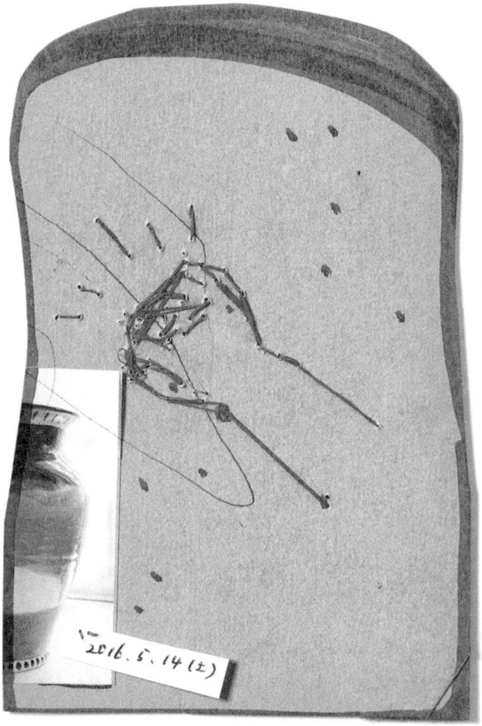

5월 14일 토요일

아오가 만화 캐릭터처럼 "바보 펀치!"를 외치며 모모 가슴을 때렸다.
"아오가 아가일 때 엄마 아빠가 얼마나 예뻐했는데.
동생이 아프니까 때리면 안 돼"라고 부드럽게 말하자
"모모를 엄마 뱃속으로 다시 보내고 싶어"라면서 아오가 울음을 터뜨렸다.
엄마도 알아. 나쁜 뜻은 없었다는 걸.

5월 15일 일요일

잡지에 나오는 행복한 엄마와 아들을 상상하며,
토마토와 오이 모종을 심기로 했다.
하지만 내 기대와는 달리 날은 너무 더웠고,

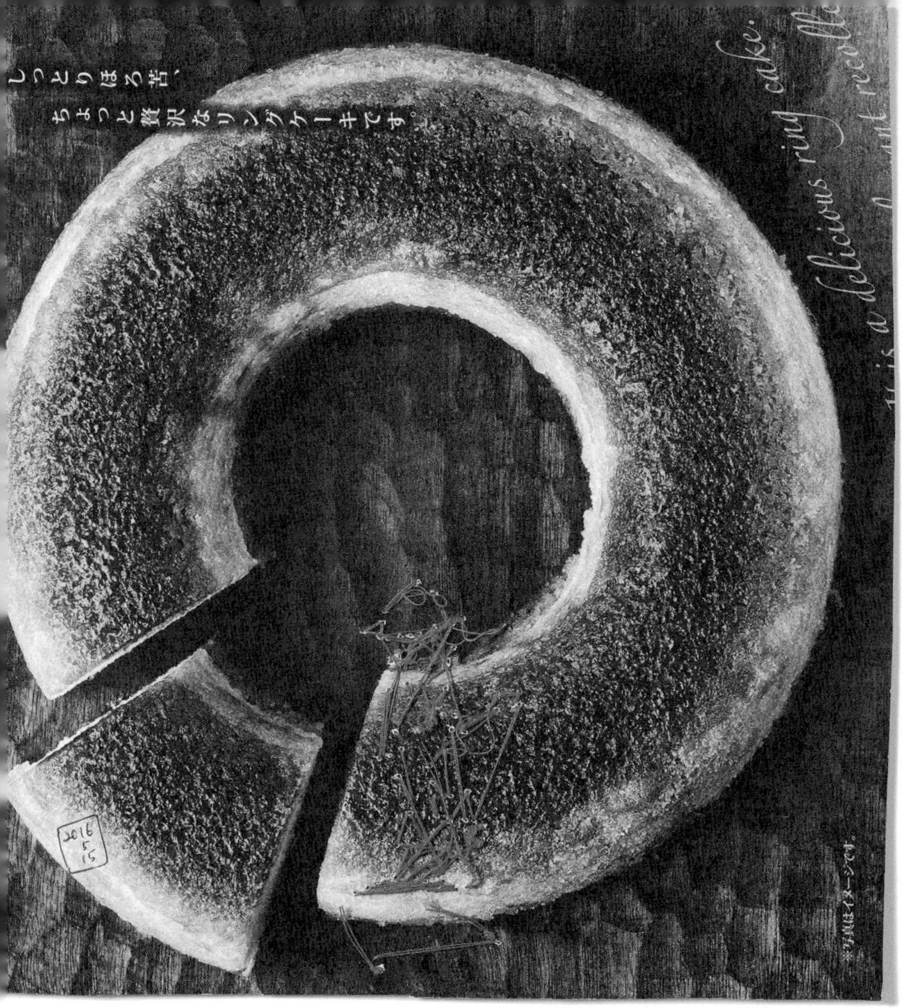

아들은 채소 지지대를 창처럼 휘둘렀다.
현실은 만만하지 않구나.
뭐, 다 이런 거겠지.

5월 16일 월요일

모모가 발로 차는 힘이 세졌다.
발 모양이 아빠를 닮았다.
응가가 제법 되직해졌다.
잘 자라고 있다는 증거겠지.

5월 18일 수요일

누가 봐도 아시아 사람처럼 생긴 나는 유럽인 외모를 조금 동경해왔다.
모모를 본 친구가 "외국 아기 같네?"라고 말해서 어느 나라일까 기대했는데,
"몽골 쪽 얼굴이야"란다.
집에 돌아와 식구들에게 이야기하는데 모모가 처음 듣는 목소리로
"하하하" 웃었다.
얼떨결에 온 가족이 아기 앞에서 "몽골!"이라고 계속 외쳤다.
이상한 가족 같았다.

2016. 5. 19 (木)

5월 19일 목요일

내일은 아오에게도, 내게도 정말 중요한 날이다.
부모랑 아이가 함께 가는 소풍인데
전시회 기자 회견이 있어 갈 수가 없다.
함께할 수는 없지만 즐거운 추억을 많이 만들 수 있게
엄마가 도시락에 마법을 걸어 둘게.

5월 20일 금요일

모모와 함께 전시회 기자 회견에 참석했다.
하고 싶은 말을 생각해 왔는데
모모가 칭얼거려서 마이크를 손에 들고 위 아래로 흔들기만 했다.
무슨 말을 했는지 기억나지 않는다.
다만 큐레이터가 내 전시를 '작고 장대한 프로젝트'라고 말한 것만
머릿속에 남아 있다. 전시를 하는 128일 동안 즐길 거다!

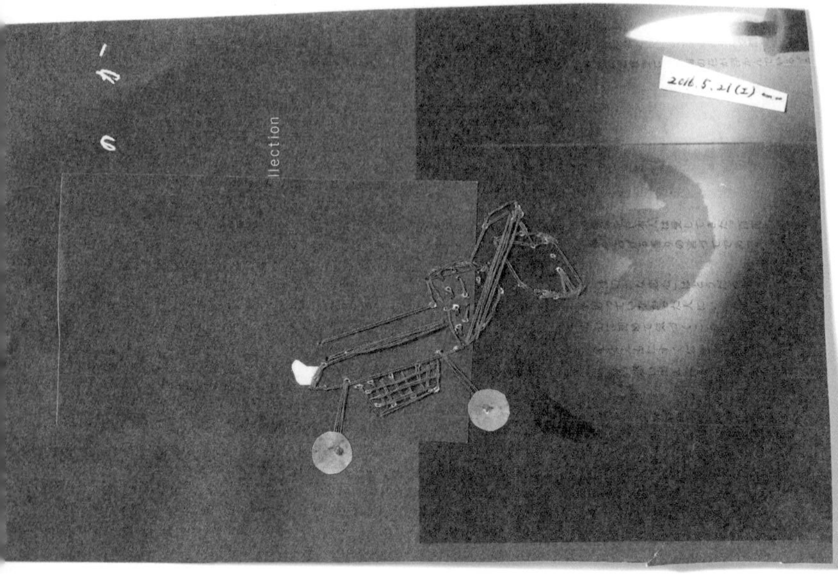

5월 21일 토요일

아오가 끌던 유모차가 모모를 태운 채 넘어졌다.
쾅! 둔탁한 소리가 나더니 둘 다 큰소리로 운다.
나쁜 건 아오가 아니라 한눈을 판 엄마야.
정말 미안해.

5월 22일 일요일

기온 23도.

아오, 콩벌레를 모으다.

5월 24일 화요일

프라이팬을 쓰고 난 후에는 깨끗하게 씻은 다음
기름을 충분히 먹여 준다.
이렇게 품을 들이면 기분이 좋아진다.

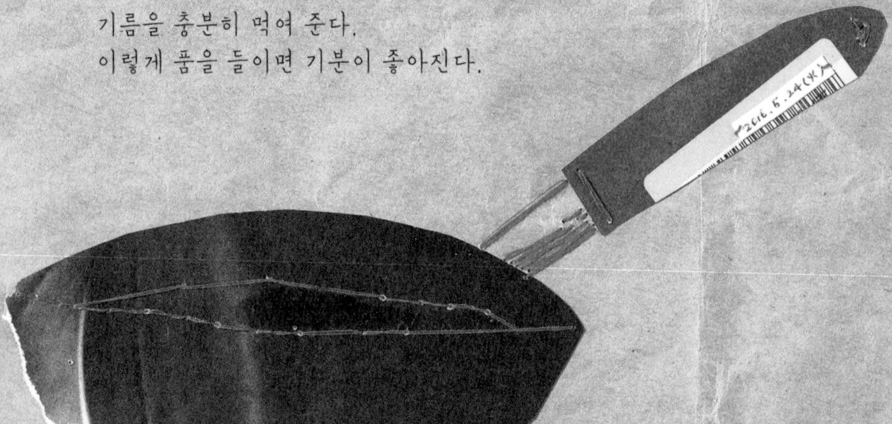

5월 25일 수요일

전시할 작품을 미술관에 전해 주고 돌아가는 길에
비옷을 입고 가는 초등학생 한 무리를 만났다.
아오가 생각나 모모에게 "오빠는 지금쯤 뭘 하고 있을까?" 하고 물었다.

5월 26일 목요일

계절이 바뀌어 여름옷을 꺼냈다.
"비행기 바지다! 와, 주머니도 있어.
이제 여기다 도토리를 모으면 되겠네"라며 아오가 신이 났다.
아오, 세 살 7개월.

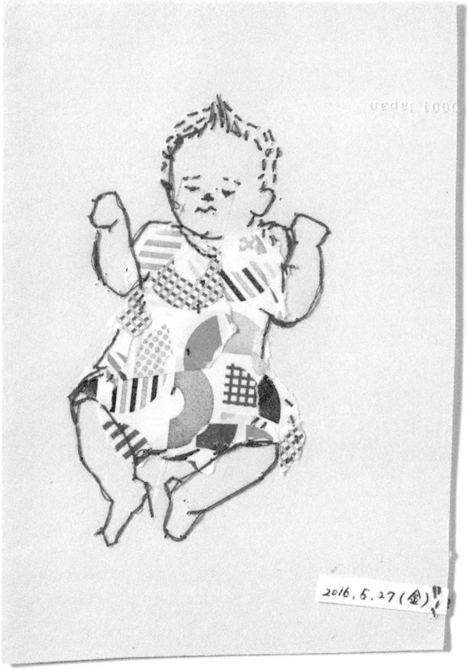

5월 27일 금요일

축 생후 3개월.
살이 통통하게 오른 모모.
당당하게 자는 모습이 왠지 관록 있어 보인다.

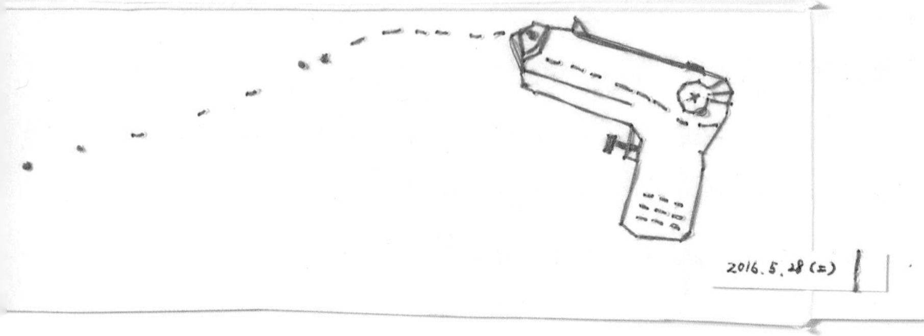

5월 28일 토요일

사람들이 아오에게는 "딸이에요?"라고 묻고,
모모에게는 "아들이에요?"라고 묻는다.

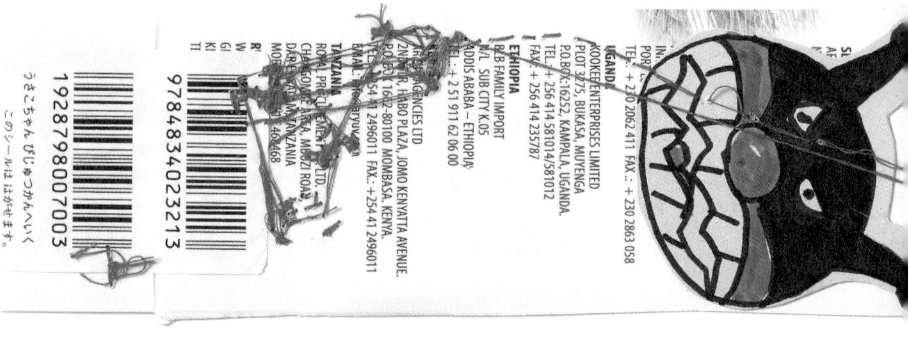

5월 29일 일요일

"모모야, 놀자" 하면서 동생 손을 잡기도 하고,
장난감으로 어르기도 하던 아오.
좋아하는 인형 망토에 모모가 우유를 토하자 눈물을 글썽이며
"모모 싫어. 이제 안 놀아 줄 거야"라고 말했다.
사실은 모모를 정말로 좋아하는 오빠이면서.

5월 30일 월요일

아오의 첫 여권 발행일이 공교롭게도 모모의 생일이었다!
우연이라고 생각할 수 없는 우연.

1922370 7445068
日本国
JAPAN
PASSPORT
2016.5.30(月)

6월 3일 금요일

오후 5시 13분.
머릿속에서 뭔가 뚝 하고 끊어진 기분이다.
내 자신이 실패했다는 것을 나도 알고 있었지만, 상대의 말에 상처를 받았다.
슬픈 감정이 복받쳤다.
마음을 정리하기 위해 바늘을 잡았다.

6월 6일 월요일

모모 100일.
도미, 팥밥, 장국, 조림, 야채 절임.
그리고 히데 씨가 모모의 머리에서 영감을 얻어 조각한 돌을 접시 위에 놓았다.

*일본에서는 백일상에 이가 건강하고 튼튼하라는 의미에서 돌을 올리기도 한다.

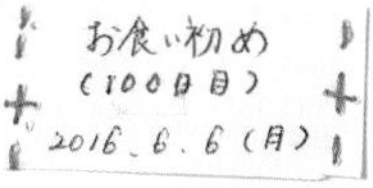

식사 시작 100일

6월 7일 화요일

도시락 오케이!
물수건 오케이!
앗! 체육복 입히는 걸 까먹었다.

6월 9일 목요일

모모 5.8kg.
"아-, 우-"라고 소리를 낸다.
침을 줄줄 흘리며, 방긋방긋 웃는다.
3개월 검진을 받았다.
이제 곧 몸을 뒤집을 수 있을 것 같다.

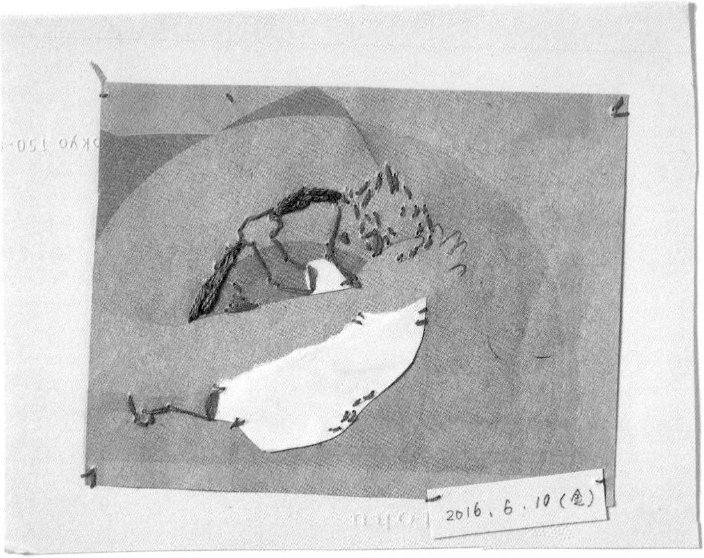

6월 10일 금요일

옷을 꽉 쥐거나 가슴을 만지면서 젖을 먹는다.
모모가 할 수 있는 게 하나 더 생겼다.

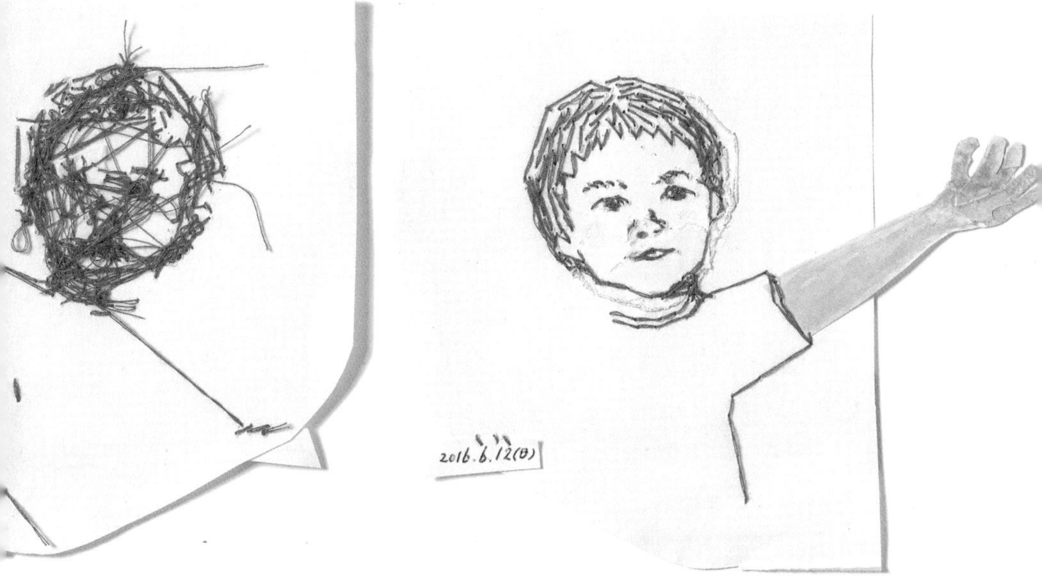

6월 12일 일요일

마냥 어리다고만 생각했는데....
수다쟁이 아오는 밥도 많이 먹고, 이도 혼자 닦을 수 있다.
컸구나, 아오. 세 살 7개월.

6월 13일 월요일

예방 접종을 하고
집으로 돌아가는 길.
아름다운 수국이 피어 있었다.
오늘부터 장마가 시작되었다.

2016. 6. 13(月)

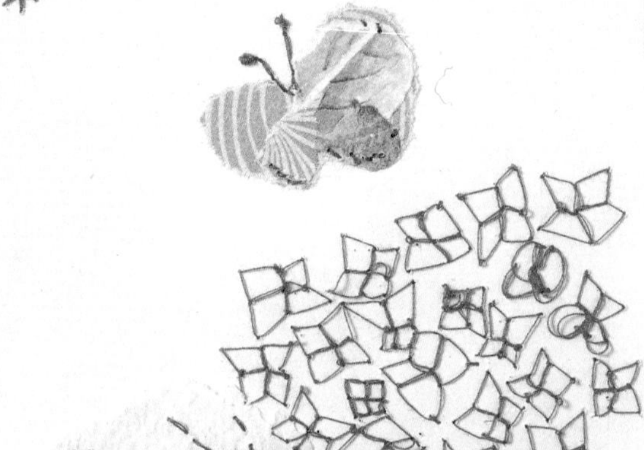

6월 14일 화요일

아오가 소파에서 점프 → 모모 다리 위로 착지
→ 모모가 울기 시작 → 아오까지 울기 시작

6월 15일 수요일

아오가 "우와. 아빠는 그림책이 많아.
아오가 어른이 되면 다 읽을 거야"라고 말했다.
저 만화책들이라면 영원히 안 읽어도 괜찮아.

6월 20일 월요일

엄마 아빠는 같은데, 두 아이는 전혀 다르다.
수유를 끝내고 이불에 누이면 알아서 잠드는 모모.
재우려고 아무리 노력해도 자는 건 재미없다면서 안 자는 아오.
어떻게 해야 할까?

6월 21일 화요일

글씨가 빼곡하게 적힌 엽서가 도착했다.
아이를 안고 있는 여인이 그려진
피카소의 〈머터니티〉는 아름다웠다.
욕조 안에서 아오가 모모 머리 위에 악어 인형을 얹었다.
모모는 오빠의 친절이 귀찮은 모양이다.

6월 22일 수요일

미술관에서 만난 아이들과 작품 이야기를 나눴다.
직원분이 "작가 선생님과 직접 만나다니 운이 좋네요"라고 말했다.
한 아이가 "우와, 우리 운이 좋아"라고 했다.
아니야, 너희들과 작품 이야기를 할 수 있었던 내가 가장 운이 좋았어.

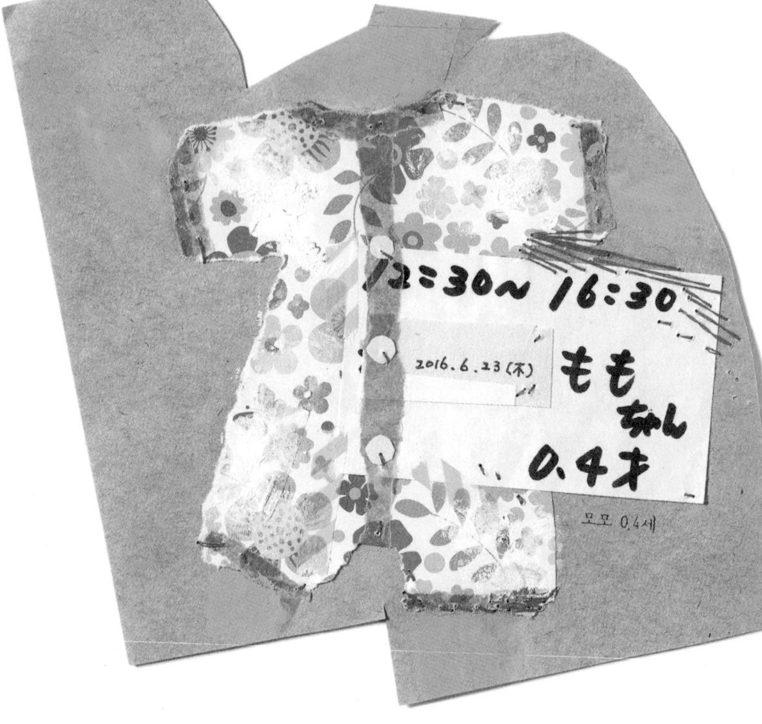

모모 0.4세

6월 23일 목요일

미술관에 있는 놀이방에 처음으로 모모를 맡겼다.
시간이 다 되어 서둘러 갔더니 모모는 행복한 미소를 지으며
선생님 품에 안겨 있었다.
울고 있었더라면 "혼자 두고 가서 미안해"라고 했을 텐데....
"여러 사람들에게 귀여움 받아서 즐거웠겠네"라는 말이 어울리는 상황이었다.

6월 25일 토요일

아기는 편안하게 잘 때 팔이 W자가 된다고 한다.
나도 편안하게 자려고 따라해 보았다.
팔과 어깨가 아프다.

6월 27일 월요일

다녀오겠습니다.

6월 28일 화요일

가족 여행을 위해 처음으로 고속철도를 타고
하네다 공항으로 이동했다.
고속철도라지만 아이 둘을 데리고 가는 길은
한없이 멀기만 하다.
피곤한지 미간을 찌푸리고 자는 모모.
눈을 반짝이며 계속 노는 아오.
다음에는 꼭 비행기로 이동해야겠다.

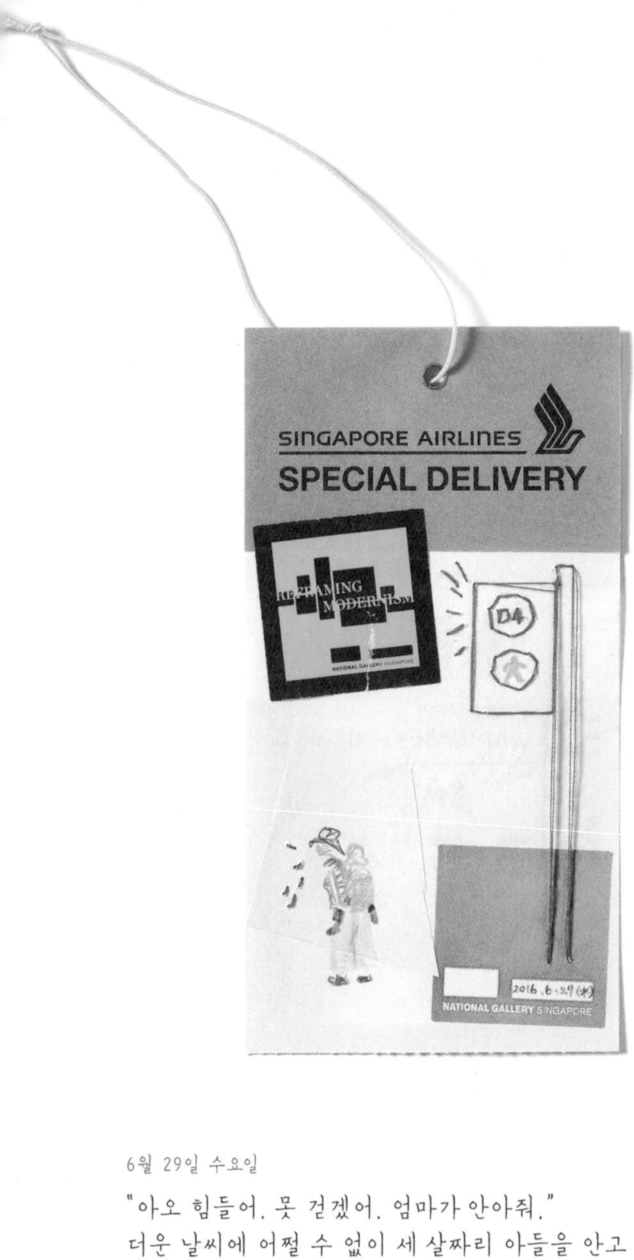

6월 29일 수요일

"아오 힘들어. 못 걷겠어. 엄마가 안아줘."
더운 날씨에 어쩔 수 없이 세 살짜리 아들을 안고 걸었다.
그런 우리를 향해 신호등이 15초라는 숫자를 깜빡이며 소리를 냈다.
싱가포르는 자동차가 우선이라고 하던데, 참으로 긴장을 풀 수 없는 나라다.

6월 30일 목요일

오늘은 아이들을 위한 하루였다!
수영장, 싱가포르 식물원, 나이트 사파리까지.
모모는 더위와 싸우다 유모차에서 잠이 들었고, 아오는....
식물원에서 분수를 발견하고는 팬티와 셔츠만 입고 난리법석이었다.
웃음이 가득한 얼굴로 "나 물 진짜 많이 마셨어. 대단하지?"란다.
응? 물을 마셨다고? 배탈이 나지 않았으면 좋겠는데.
걱정이다. 진땀이 삐질삐질.

7월 1일 금요일

파야 레바 역 바로 앞
화려하고 아름다운 거리에서 눈에 들어온 건물 하나.
배탈이 난 아오(12kg)를 업고 산책을 했다.
호텔을 '싱가포르에 있는 우리 집'이라고 말하며 기뻐하던 어제와는 달리
"가나자와 집에 돌아가고 싶다"고 등에서 몇 번이나 중얼거린다.
밤에 갔던 싱가포르 현대미술관 전시회는 훌륭했다.

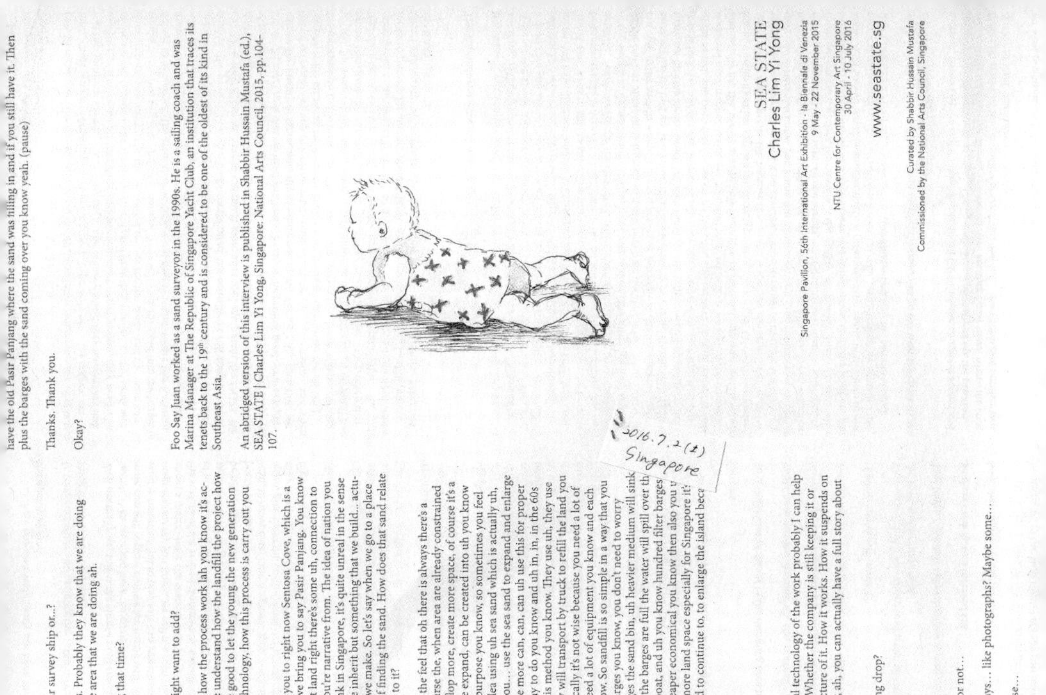

7월 2일 토요일

모모는 해외여행 중에도 전혀 흔들림이 없다.
한눈팔다 문득 정신을 차려 보니, 혼자 호텔 침대에 엎드려 있다.
싱가포르에서도 편해 보이는 모모.

7월 4일 월요일

아이들에게 추억을 만들어 주려고 떠난 여행이었는데....
오히려 추억이 생긴 건 나와 남편이었다.
아오, 모모, 고마워.

7월 5일 화요일

어린 아이들이 있는 집은 빨래가 없는 날이 없다.
호텔 거울 위 조명은 빨래 건조대로 제격이었다.
여행 중에 매일 빨래를 하다 보니 손빨래 실력만 몰라보게 늘었다.

SINGAPORE
YRIC OPERA
Hap
2016. 7. 5 (火)
SL
ncert
Kona.
1847
1846

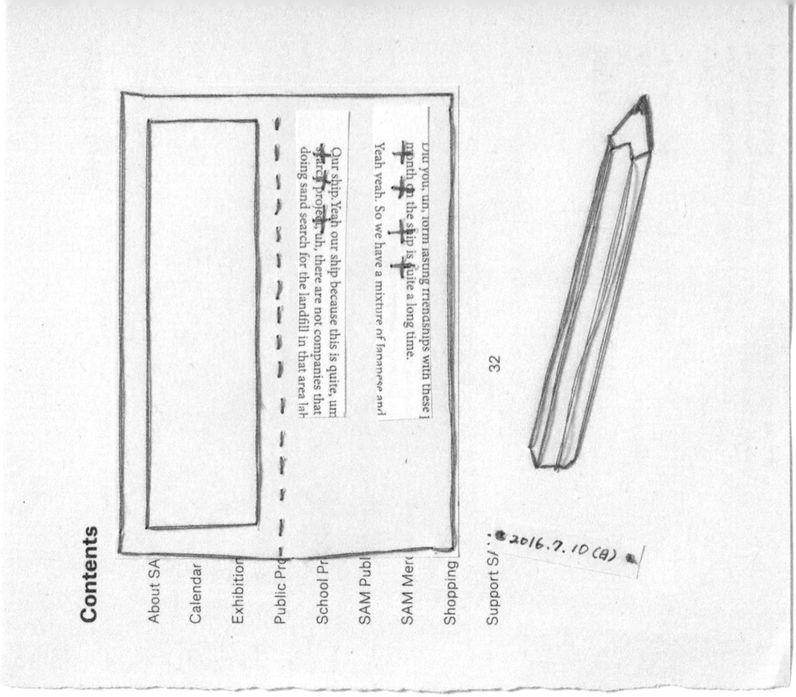

7월 10일 일요일

투표일.
칭얼거리는 모모를 업고 저녁을 준비했다.
식욕이 왕성한 아오는 닭튀김을 안 주니 "엄마 못됐어"라며
큰 소리로 울기 시작한다.
곧 개표가 시작되는데 볼 여유가 없다.
이렇게 시야가 점점 좁아지는 걸까.

7월 12일 화요일

벗어 놓은 신발을 집으려던 아오가 창문에서 떨어졌다.
아이들은 머리가 무거워 머리부터 떨어진다더니
이토록 깔끔한 동작으로 떨어질 줄이야.
아, 감탄... 할 때가 아니구나!
"아팠지? 괜찮아?" 하고 걱정을 했더니
"아오, 안 아파! 아프다고 말하지 마!" 하고 울면서 화를 낸다.
뜻대로 되지 않아 분했던 모양이다.

7월 13일 수요일

몸을 뒤집고는 뜻대로 되지 않는지 울다가
다시 위를 보고 눕기를 되풀이하는 모모.
너무 슬프게 울어서, 나도 모르게 진지한 목소리로
"모모야, 뒤집기를 안 하면 울 일도 없을 텐데...." 하고 설득했다.
역시 설득은 통하지 않았다.

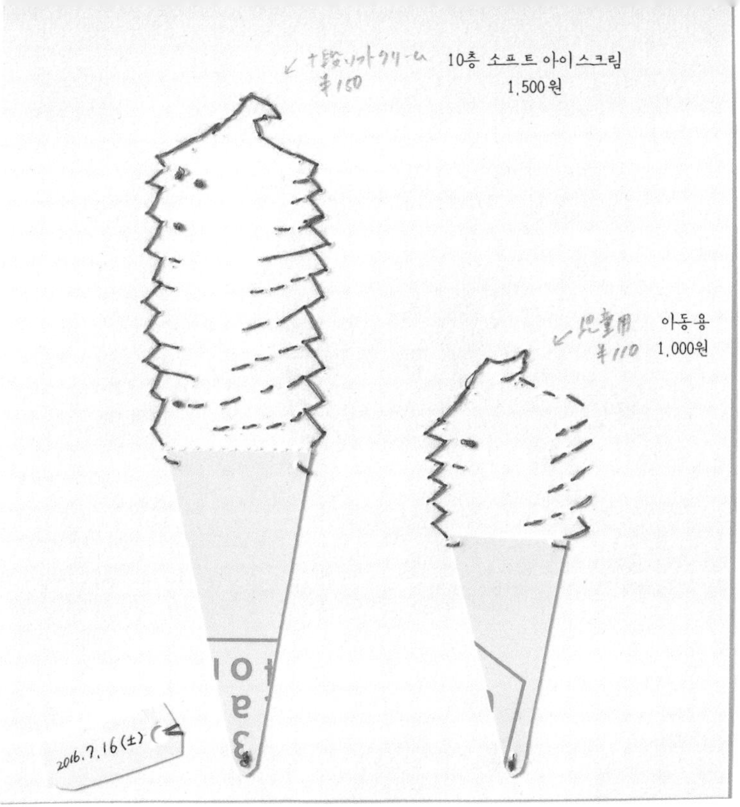

7월 16일 토요일

다카오카 미술관 앞.
할아버지가 익숙한 손놀림으로 아이스크림을 10층이나 쌓아 올린다.
할아버지 손목이 아프지는 않을지,
아오가 아이스크림을 먹고 배탈이 나지는 않을지 걱정이다.

7월 17일 일요일

"수족관에 갔다 온 아이는 혼자서 머리를 감는 거야"라며
아오가 갑자기 혼자서 머리를 감기 시작했다.
정말 알 수 없는 아오만의 논리다.

7월 18일 월요일

언제부터인가 모모가 두 손으로 다리를 잡고 논다.
동글동글 공벌레 같은 모모.

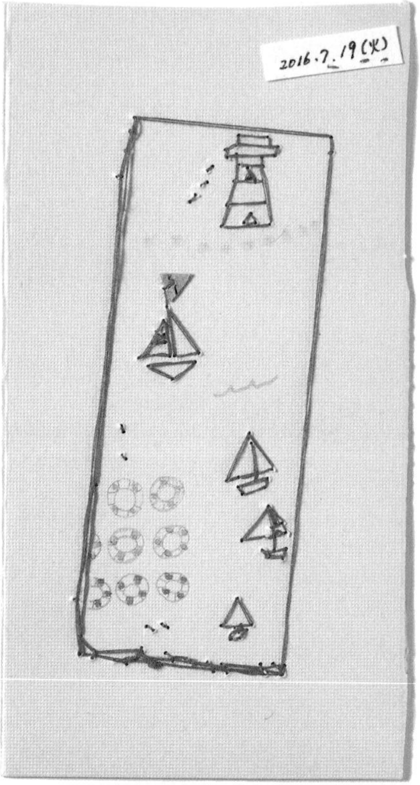

7월 19일 화요일

아오의 감기가 걱정이었는데, 옆에서 모모가 콜록콜록 기침을 한다.
응? 옮았나? 열이 오르는지 모모가 땀에 흠뻑 젖었다.

7월 21일 목요일

감기로 지쳐 누운 동생.
옆에서 블록 놀이에 한창인 오빠.

7월 28일 목요일

"콜록콜록, 아오는 기침 나요. 감기라서 수영 못 해요."
어린이집 선생님께 실감 나는 연기를 선보이고 수영을 거부한 지 5일째.
수영 시간에 블록 놀이를 하며 보낸단다.
혹시 그저 블록 놀이를 하고 싶었던 건 아니지?
이거 나쁜 쪽으로 머리가...(진땀이 삐질삐질).

7월 29일 금요일

아오가 무섭다면서도 아빠한테 찰싹 붙어 TV로 '고질라'를 본다.
아오 왈, 방귀를 뀌면 방귀 냄새로 고질라를 무찌를 수 있단다.
하하하.

7월 30일 토요일

자, 불꽃놀이를 보러 가자!

7월 31일 일요일

풍선 하나로 이렇게 재미있게 놀 수 있다니.
나에게도 이런 시절이 있었을 텐데....

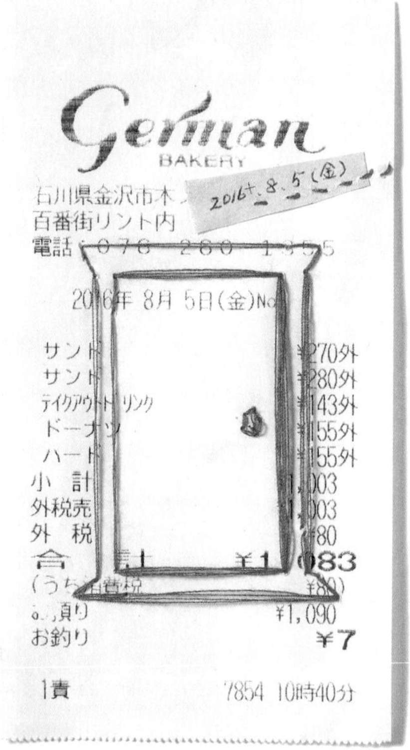

8월 5일 금요일

두 아이를 데리고 친정에 가는 길.
아오는 기차 안에서 씩씩함이 지나쳐 곤란할 지경이다.
누가 나한테 지금 제일 갖고 싶은 게 뭐냐고 물으면 망설이지 않고
'열기만 하면 원하는 곳으로 데려다 주는 문'이라고 대답할 텐데....

8월 6일 토요일

아오가 갑자기 모모의 작은 손을 물었다.
자기가 좋아하는 할머니가 모모를 계속 안고 있으니 질투가 났나 보다.
그래 놓고 스스로 놀랐는지 "모모야, 미안해"라고 말하며 큰 소리로 운다.
모모의 손에 남은 빨간 잇자국 두 개.

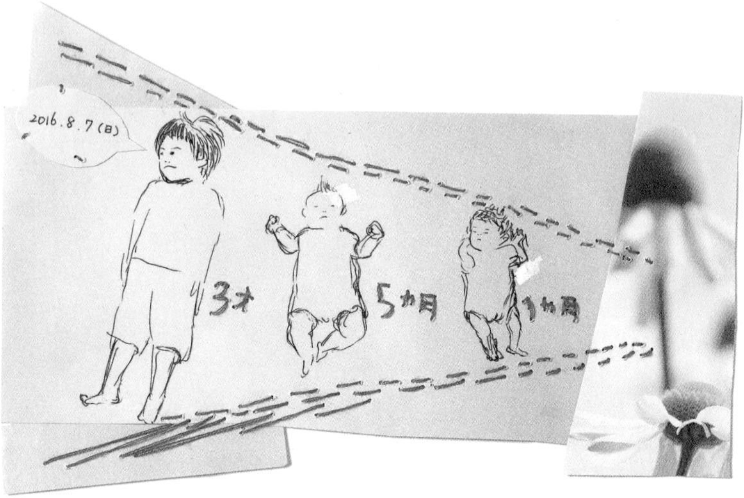

8월 7일 일요일

사촌끼리 첫 만남.
서로에게 좋은 자극이 되는 것 같다.

8월 8일 월요일

집으로 돌아가는 우리에게 도시락을 건네주는 아버지.
바닥에 엎드려 팔다리를 들고 노는 모모를 보고
"비행기 잘 타네"라며 기뻐해 주는 친구.
따뜻한 사람들의 보살핌 속에서 아오도, 모모도 성장하고 있다.
감사합니다.

8월 9일 화요일

역시 아이는
또래랑 노는 게
제일 재미있나 보다.
오늘은 아이들이 만든
주사위 놀이 종이 위에
콕콕.

8월 10일 수요일

모모 5개월 반.
작은 아랫니 두 개가
올라왔다.

8월 12일 금요일

도라에몽이 그려진 핫케이크를 먹고 난후 아오가
"엄마, 이거 바늘로 만들어 주세요"라고 말했다.
아오 나름대로 내 작업을 이해하고 있었나 보다.

8월 15일 월요일

아오는 "나는 엉망진창 그림밖에 못 그려!"라며 그리기에 소극적이다.
시어머니가 남편이 세 살 때 엉망진창으로 그린 그림을 보여 주었다.
안심이 되었는지 아오가 크레파스를 들고 경찰차를 색칠하기 시작했다.
잘 그릴 필요 없어. 그저 좋아해 줬으면 해.
(남편이 다섯 살 때 그린 코끼리를 옮겨 그리다)

8월 17일 수요일

엉덩이와 허리를 불쑥 치켜 든 모모.
기기 시작할 날이 가까워진 것 같다.

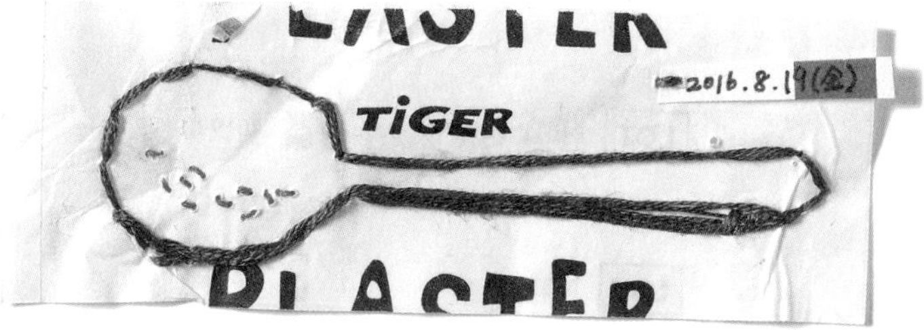

8월 19일 금요일

나무 숟가락으로 한 숟가락을 주면
신기하다는 표정으로 숟가락 가까이 입을 댄다.
모유보다 맛있는 것이 세상에 얼마나 많은지 아니?
천천히 이런저런 맛을 알아가자.
9일 후면 6개월, 모모 이유식을 시작하다.

8월 20일 토요일

아오가 태엽 인형처럼 춤을 추며 노래한다.
나이 차가 꽤 나는 친구(내 지인이지만 아오는 자기 친구라고 생각한다)에게 빌린 '울트라맨' CD로 오늘도 아침부터 신나게 노래를 부르고 춤을 춘다.
"세븐, 세븐, 세븐♪"

8월 21일 일요일

어디선가 푸, 푸, 푸 소리가 들린다.
모모가 즐거운 얼굴로 침을 뱉는 중이다.
그 소리에 마음이 평온해지면서, 치유되는 기분이다.

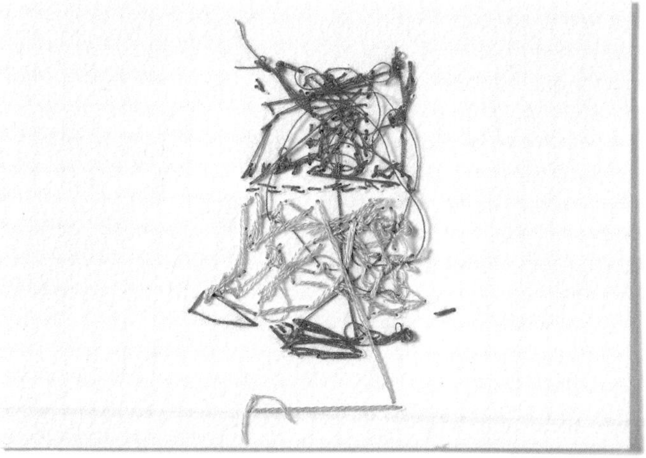

8월 22일 월요일

요즘 들어 아오는 "내가! 내가!" 하며 자기주장이 강해지고, 장난이 심해졌다.
그런 아오에게 나는 계속 화만 낸다. 이런 내가 정말 싫다.

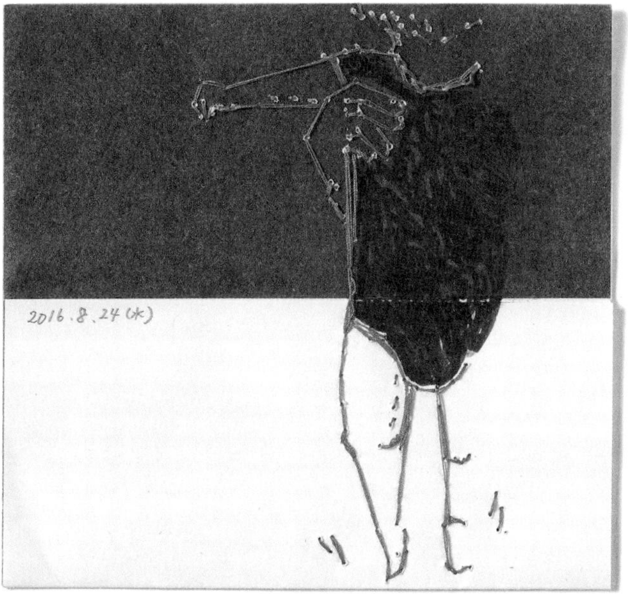

8월 24일 수요일

양쪽 겨드랑이에 손을 넣어 들어 올리면, 모모는 깡충깡충 뛰어오른다.
서고 싶지만 방법을 아직 몰라, 다리는 어설프게 쭉 뻗은 채로.

8월 28일 일요일

"나는 배고픈 외계인 아오야."
아오는 틈만 나면 배가 고프다며 종일 먹을 것을 달라고 한다.
안 주면 목표를 바꿔 모모에게 장난을 치러 간다.
그 와중에 모모는 바닥에 깔린 카펫 테두리를 먹는 중이다.

8월 29일 월요일

"마, 앙, 앙."
울음소리가 왠지 '엄마'처럼 들려서,
나도 모르게 "그래, 엄마야"라고 대답했다.
눈가에는 작은 눈물이 세 방울....
6개월, 모모가 이제 꽤 큰 소리로 울 수 있게 되었다.

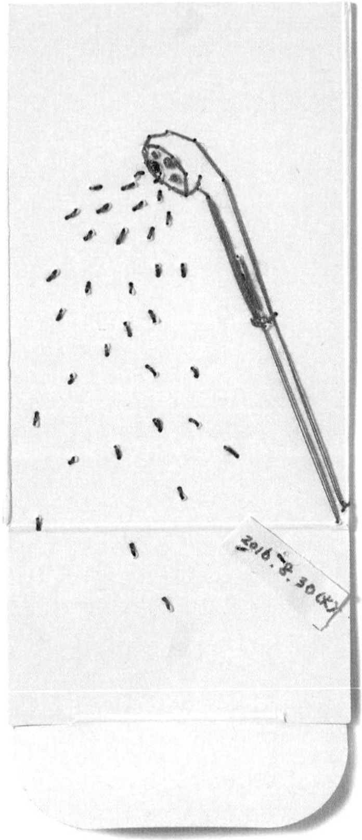

8월 30일 화요일

태풍 10호의 영향으로 가나자와에도 비가 심하게 내렸다.
태어난지 얼마 안 되었을 때 위가 뒤틀려 고생했던 모모.
그래서인지 스스로 배변을 못하고 면봉으로 관장을 해야만 했던 날들.
5개월이 지나면서 갑자기 스스로 배변을 할 수 있게 되었다.
오늘도 수분기가 있는 변을 이쁘게 보고 샤워를 했다.
기분 좋겠네, 모모.

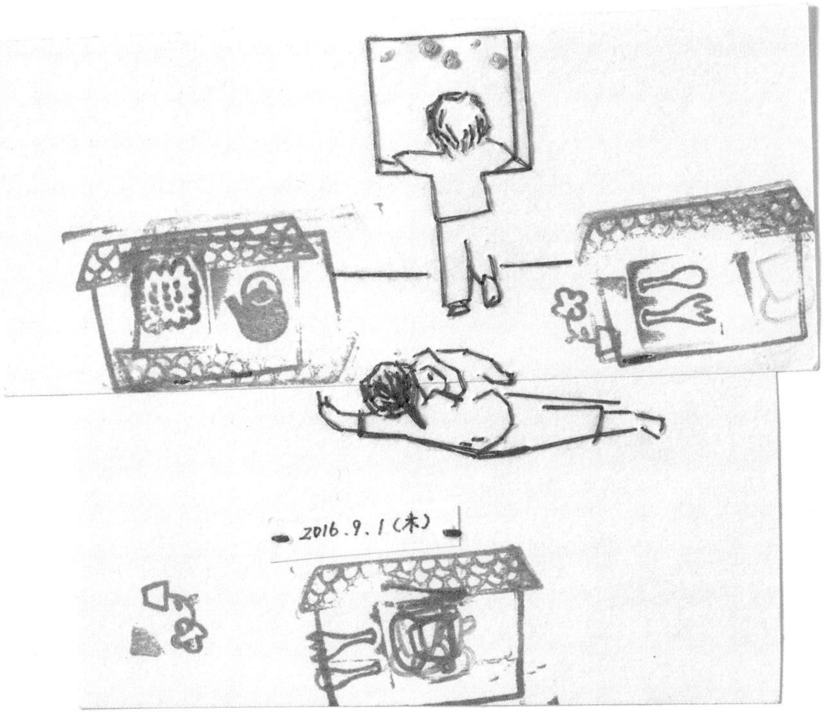

9월 1일 목요일

모모를 재우는데 아오는 창가에서 밤하늘을 올려다본다.
혼자서 잠을 못 이루는 아오가
"모모는 혼자서도 잘 수 있으니까 두고 가자"라며 웅얼웅얼한다.
아직 더 놀고 싶은 모양이다.
마침 안 좋은 타이밍에 남편이 돌아왔다.
무척이나 반가워하며 계단을 내려가는 아오.
아오야, 벌써 9시 반이 넘었다고! 엉엉.
오늘은 아오가 아빠를 위해 도장을 찍은 종이에 자수 작업.

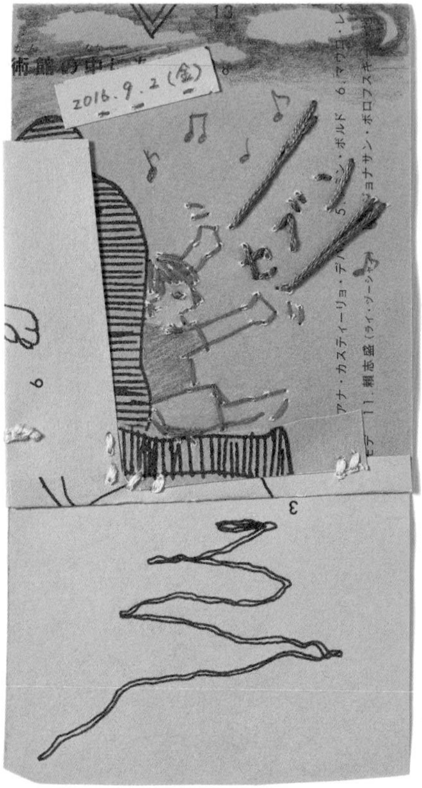

9월 2일 금요일

야간에 나고야로 이동.
자야 되는데 울트라맨 CD를 두 번째 듣는 중이다.
아오는 온몸을 들썩이며 노래를 부른다.
기운을 몽땅 다 쓴 것은 밤 11시 29분.
울트라맨도 무섭고 아오 너도 무서워.

9월 3일 토요일

아이치 트리엔날레를 보기 위해 나고야에 왔다.
자, 나가 보자!
그런데 너무 덥다.

*아이치 트리엔날레 일본 나고야에서 3년에 한 번씩 열리는 국제 예술축제.

9월 5일 월요일

노는 방식이 한층 더 과격해진 아오.
울음소리가 늠름해진 모모.

9월 6일 화요일

언니가 모모에게 빨대컵을 선물로 주었다.
이유식을 시작하고, 미지근한 물이나 차도 마시기 시작해서 이런 게 필요했는데....
과연 나는 소중한 사람들에 대해 이렇게 자상하게 알고 있을까?
역시 언니한테는 예나 지금이나 이길 수가 없다.

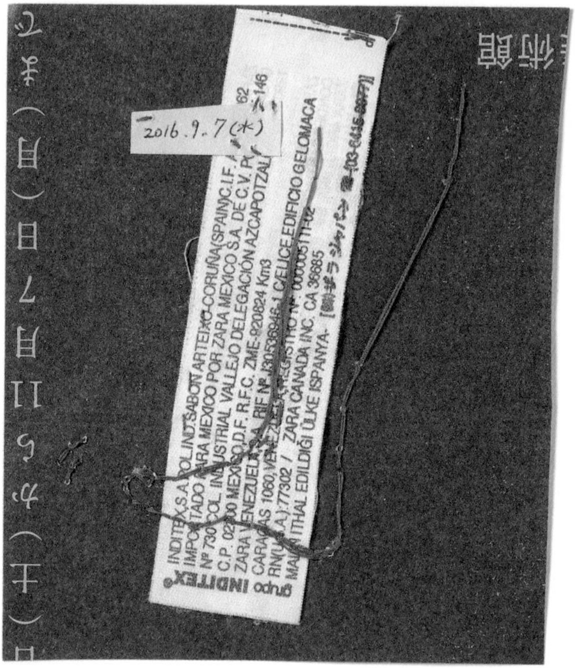

9월 7일 수요일

두 손을 쓸 수 없을 때, 나도 모르게 발로 물건을 밀치거나 선풍기를 끄곤 했다.
그런데 아오가 똑같은 행동을 해서 찔끔했다.
바른 생활을 해야겠다고 반성했다.

9월 8일 목요일

모모의 특기는 배를 깔고 엎드려 빙글빙글 돌기다.
엄마가 안 보이면 울거나, 기려고 애쓰다 뒤집어지기 일쑤다.
오늘도 건강한 모모.

9월 10일 토요일

아오, 가을을 모으다.

9월 11일 일요일

모모 6개월 반.

모모가 드디어 앞으로 기어간다!

슬슬 눈을 뗄 수 없게 된 것 같다.

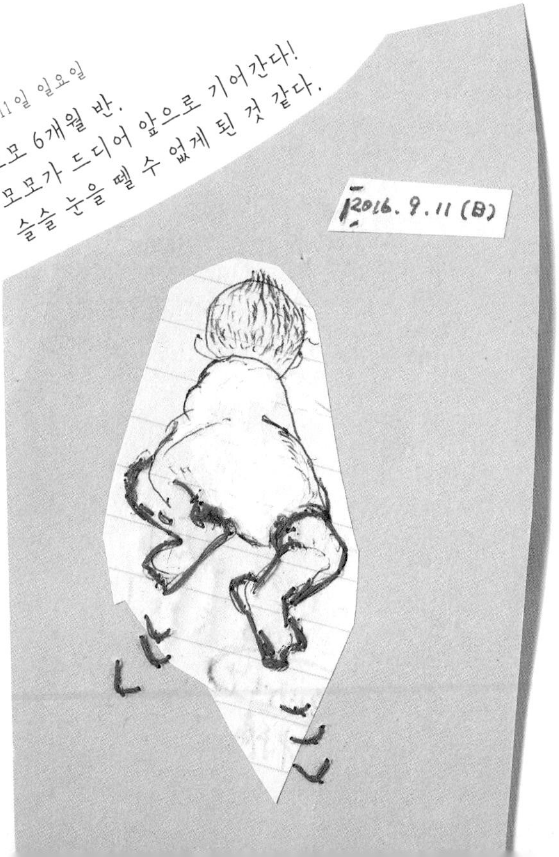

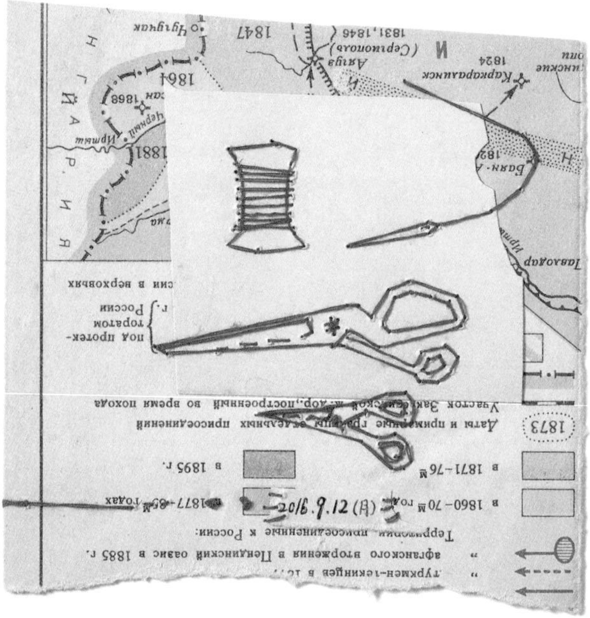

9월 12일 월요일

긴장되는
일이 생기면,
안절부절못하고
아무것도 손에
잡히지 않는다.
그럴 때면 콕콕
자수를 하면서
마음을 정돈한다.
잘 되길....

9월 16일 금요일

잠들기 전에 갑자기 모모가 귀여워졌는지
아오가 "나는 모모랑 같이!"라고 하면서
잠든 모모에게 달라붙으려고 들었다.
이러면 모모도, 엄마도 곤란하다구.

9월 17일 토요일

삶아서 으깬 당근과 양배추로 만든 이유식을 맛있게 먹는데도,
모모의 왼쪽 엄지를 쪽쪽 빠는 버릇은 고쳐지지 않는다.
이럴 땐 아기 같구나.

9월 20일 화요일

아침부터 홍수주의보 발령으로 하루 종일 외출 금지.
문득 돌아보니 모모는 마루 위에서 포대기 끈에 휘감겨 놀고 있다.
얼른 해가 나왔으면 좋겠다.

9월 21일 수요일

둘째는 어쩔 수 없이 물려받은 것을 주로 쓰게 된다.
가을을 맞아 해님 빛깔 꽃무늬 천으로 모모만을 위한 이불 커버를 만들었다.

9월 22일 목요일

추분날.
"엄마 몇 살이야?"
"서른 여섯 살."
"응, 괜찮아. 돌고래랑 똑같으니까 괜찮아"라는 아오.
뭐가 괜찮다는 거지?
좀 있다 보니 아오는 걸어 놓은 마른 빨래 위에서 잠들어 있었다.

9월 23일 금요일

미술관에 작품을 전해 주고 돌아오는 길.
3일 후면 전시가 끝난다고 생각하니 슬퍼졌다.
괜히 가게를 어슬렁거리다 버스를 놓쳤다.
낙담하던 중, 전부터 만나고 싶던 디자이너를 우연히 만났다.
괜한 것에도 의미가 있구나.
128일 전시 중 126일째.

9월 24일 토요일

전시가 이제 이틀 남았다.
마지막이니만큼 어떻게든 미술관에 작품을 전해줘야 하는데,
아오가 주말마다 미술관에 갔으니 오늘만큼은 가고 싶지 않단다.
세 살짜리 아들과 진지하게 교섭을 시작했다.
미술관 놀이터에서 오래 놀게 해 주고,
빵집에서 메론빵을 사 준다면 미술관에 가겠단다.
교섭 성공! 모모는 업고, 아오는 자전거 뒤에 태우고 출발!!!
128일 전시 중 127일째.

고마워

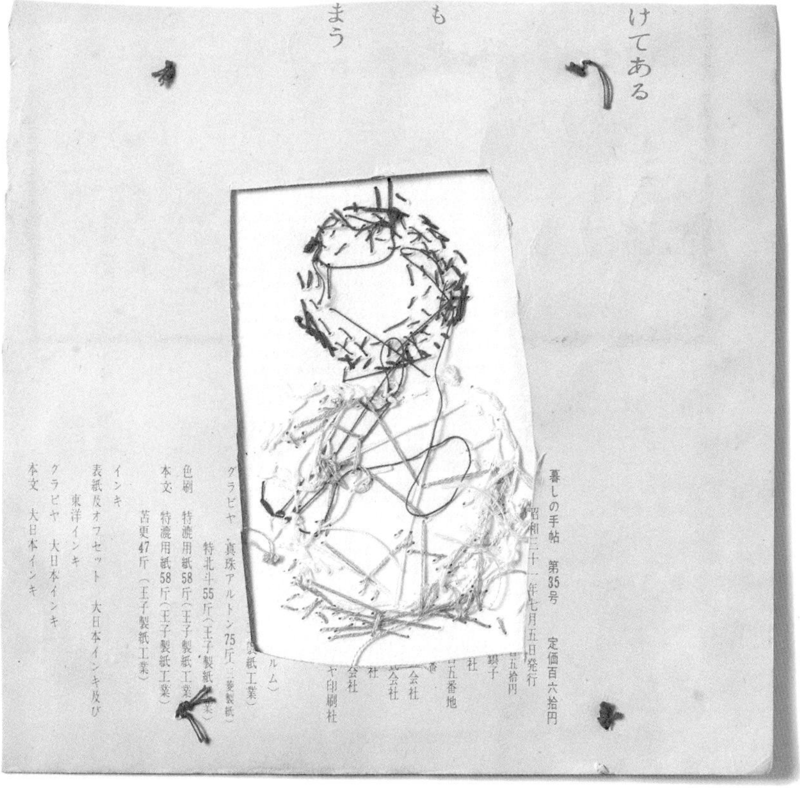

9월 25일 일요일

모모가 어설픈 자세지만
아주 잠깐은 앉을 수 있게 되었다.
모모야, 고마워.
128일 전시 마지막 날.

9월 28일 수요일

"아오가 엄마랑 아빠한테 포도 줄게."
먹던 포도를 양보하다니 배가 아픈가 싶어 걱정되다가,
자상한 행동에 마음이 따뜻해진다.
그런데 덥석.
내 앞 접시에 놓인, 알이 많은 새 포도를 집는다.
그렇게 깊은 뜻이 있었구나.

10월 1일 토요일

아오가 몸보다 큰 체육복을 입고선
울지 않고 운동회를 즐겼다.
많이 컸구나, 아오.

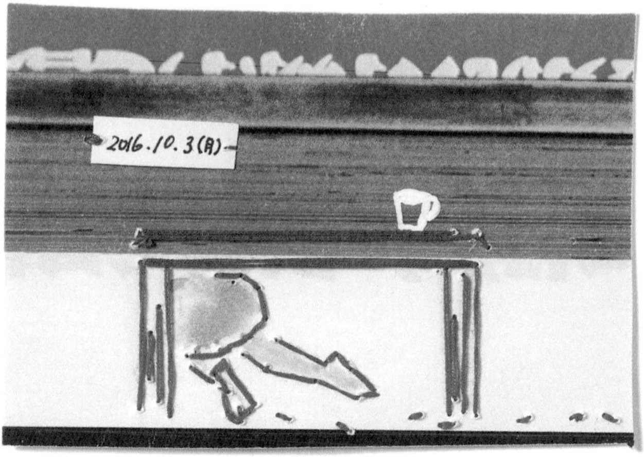

10월 3일 월요일

종이 공작에 빠진 아오.
모모가 바닥에 떨어진 종이를 주워 먹을까 싶어 책상을 들였더니,
모모에게 놀이터가 생겼다.

10월 5일 수요일

세 살 아오의 재미있는 언어 표현.
하나, 엄마가 어린이집 가방을 정리하라고 하면
"싫어!"라고 하고, 안 해도 된다고 하면 "할 거야"란다.
그래 놓고선 금세 "힘들어. 나 졸려"라니,
하기 싫은 일을 하면 갑자기 잠이 오나 보다.
둘, 태풍으로 기분 나쁜 붉은색을 띈 하늘을 보더니
"엄마, 하늘이 독약 같은 색이 됐어"라고 말했다.
표현력이 훌륭한 걸.

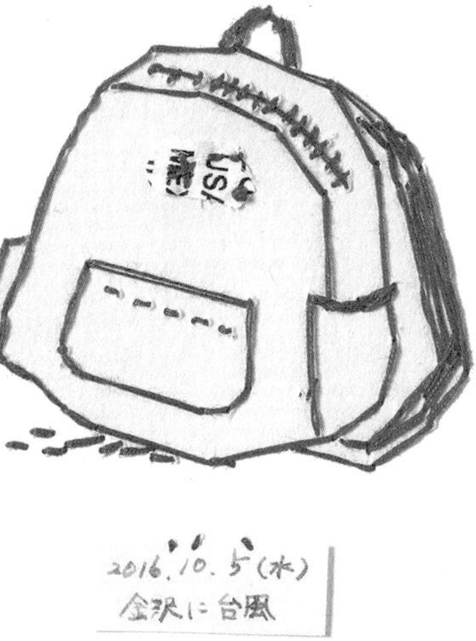

가나자와에 태풍

푸쉬파에서

10월 7일 금요일

지인 가게의 광고 제작을 돕는 동안 손님들이 모모를 봐 주었다.
그래도 잘 때는 엄마 등을 찾는 모모.
멋진 맥 컴퓨터와 내 모습 사이의 괴리감.
후훗.

10월 8일 토요일

기분이 가라앉는 날이었다.
집에서 한 발자국도 나가지 않았다.
아오는 하루 종일 잠옷 바람이다.
생각대로 되지 않는 육아의 나날.
슬프다.

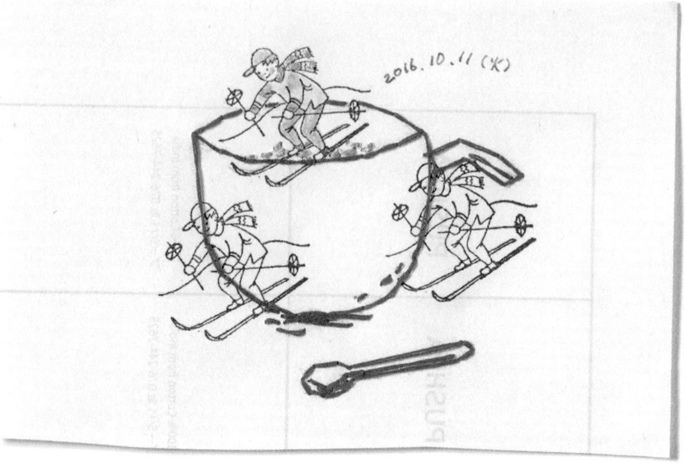

10월 11일 화요일

날씨가 쌀쌀해지기 시작했다.
볼이 조금 발그레해진 모모.
"마아 마아" 부르다가, 엄마 얼굴이 보이면 방긋 웃는다.
뭐라고 말로 형용할 수 없이 충만하다.

10월 12일 수요일

"빠드득 빠드득."
아침에 일어나니 이상한 소리가 들렸다.
응? 모모인데? 아, 이를 가는 소리구나.
아랫니 두 개, 윗니 두 개를 빠드득 빠드득.
간지러운 걸까? 아니면 소리가 재미있는 걸까?
그런데 나를 닮아 윗니가 크다.
그런 것까진 안 닮아도 되는데....

10월 14일 금요일

모모와 둘만의 외출.
모모가 태어나고 순수한 산책은 처음인 것 같다.
늘 아오를 데리러 가는 길에, 장을 보는 길에,
미술관에 작품을 전하러 가는 길에 하는 산책이었다.
은행잎과 단풍잎이 잔뜩이다.
둘이서 함께 가을을 발견했다.

10월 15일 토요일

소파에 놓인 빨래들이 마음에 걸려 치우려고 손을 뻗은 순간,
그 빨래를 잡고 일어선 모모!
본인도 놀랐는지 자랑스레 웃는다.
어설픈 그 느낌이 귀엽다.
"모모가 섰어! 대단하지?"
아오에게 물었지만 혼자만의 세계에 빠졌는지 반응이 없다.
둘 다 각자의 속도로 성장하는 중.

10월 16일 일요일

모모를 돌보면서 고집 세고, 체력 좋은 아들과 종일 놀아주면 녹초가 된다.
하루가 끝날 무렵에는 너무 피곤해서 화가 나곤 한다.
저녁을 먹고 커피를 내렸다.
원두에 거품이 정말 예쁘게 일어났다.
그 모습을 보고 있으려니 기분이 조금 나아진다.
열흘 후면 아오는 네 살.

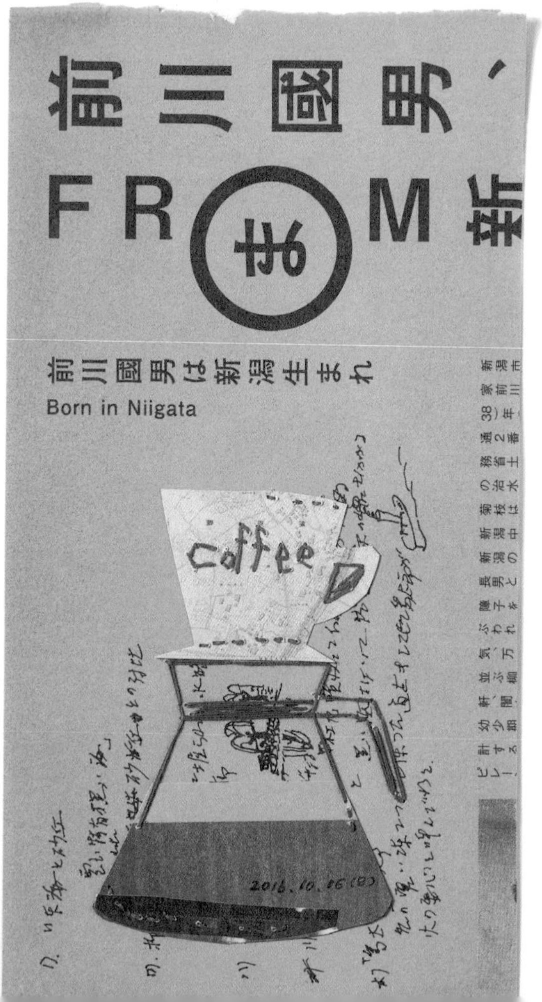

10월 18일 화요일

우유팩으로 만든 울타리를 무릎걸음으로 힘차게 밀어 젖히더니,
거실을 지나 내가 있는 부엌까지 모모가 왔다.
드디어 오늘부터 모모가 어린이집에 다닌다.
혹시 울지나 않을까 아니면 외로워하면 어쩌나 걱정했는데
생각보다 담백했단다.

10월 19일 수요일

어린이집 선반에는 소지품을 구분하기 위해
아이들마다 다른 스티커가 붙어 있다.
작년에 아오는 집 모양 스티커였는데 이번에 모모는 거북이 모양이다.
거북이가 느릿느릿 걷는 게 모모의 요즘 걸음걸이와 좀 닮은 느낌이다.

10월 21일 금요일

"빨리 안 자면 도둑이 와."
좀처럼 자려고 하지 않는 아오에게 효과 만점이다.
어린이집에서 연극 〈세 도둑〉을 보고는 도둑이 무서워 울었다고 한다.
도깨비도 귀신도 무서워하지 않았는데,
무서운 게 생기니 부모로서는 편해졌다.

10월 25일 화요일

아침에 일어난 아오를 보니 키가 훌쩍 자란 느낌이다.
"오늘 아오 생일이네"라고 말하자, 아직 아니라고 대답한다.
생일은 케이크에 촛불을 끄는 날이라고 생각하는 모양이다.
아침부터 계속 "얼마만큼 더 있어야 밤이 돼?" 하고 물어본다.
하루 종일 기다리고 기다리던 밤.
할아버지, 할머니가 준비한 생일 케이크를 눈을 빛내며 먹더니,
전부터 갖고 싶어한 '호빵맨' 장난감을 받아서 아오는 흥분 모드다.
춤을 약간 추고 난 후 니가타를 떠나 집으로 돌아가는 길.
차에서 잠든 아들은 자면서도 장난감을 소중하게 꼭 쥐고 있다.
태어나 줘서 고마워, 아오.
계속해서 아오답게 자라는 것이 엄마 아빠의 바람이야.
(아오의 네 번째 생일, 니가타에서)

10월 28일 금요일

"물 웅덩이 산이다! 아오가 올라갈 거야."
즐거워 보이는 아오의 뒷모습.
하지만 우산을 쓰고 모모를 업고 낮잠용 이불까지 들고 있는 나는 몹시 지쳐 있다.
어린이집에서 집까지 아이 걸음으로 30분 정도 걸리는데, 비는 언제 그치려나.

10월 30일 일요일

친구가 표를 줘서 온 가족이 음악 공연을 들으러 갔다.
모모는 눈을 크게 뜨고는 내 무릎 위에서 깡충깡충 뛴다.
아오는 지루해했다가 공연에 집중했다가 기복이 심하다.
옆에 있던 한 아저씨가 모모를 보고는
"야무지게 잘 생겼네요"라며 칭찬해 주었다.
이렇게 온화하고 상냥한 얼굴인데....
어떻게 봐도 여자아이로밖에 안 보인다고 하면 팔불출인 걸까?
남편은 "머리카락이 없으니까 어쩔 수 없어.
머리카락 때문이야"라고 했지만....

10월 31일 월요일

태어나서 지금까지 찍은 모모 사진을 이제야 정리했다.
B형간염 예방 접종 때문에 모모를 데리고 병원에 갔는데,
어린이집에서 아오가 토했다는 연락이 왔다.
부랴부랴 아오를 데리러 가서 다시 병원으로.
축 처진 아오는 "나 아파, 아프니까 치타 인형이랑 잘 거야"라며
일찍 자겠다고 한다.
아오가 어른스러워졌다.
엄마는 아오가 빨리 나으라고 기도할게.
허둥지둥 하루가 갔다.

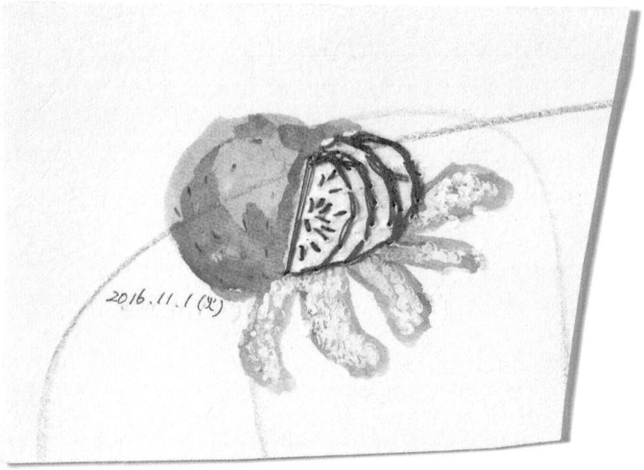

11월 1일 화요일

"엄마, 귤껍질은 꽃 모양으로 벗겨 줘야 돼!"
새벽 3시, 아파서 잠이 들었던 아오가 귤이 먹고 싶다며 벌떡 일어났다.

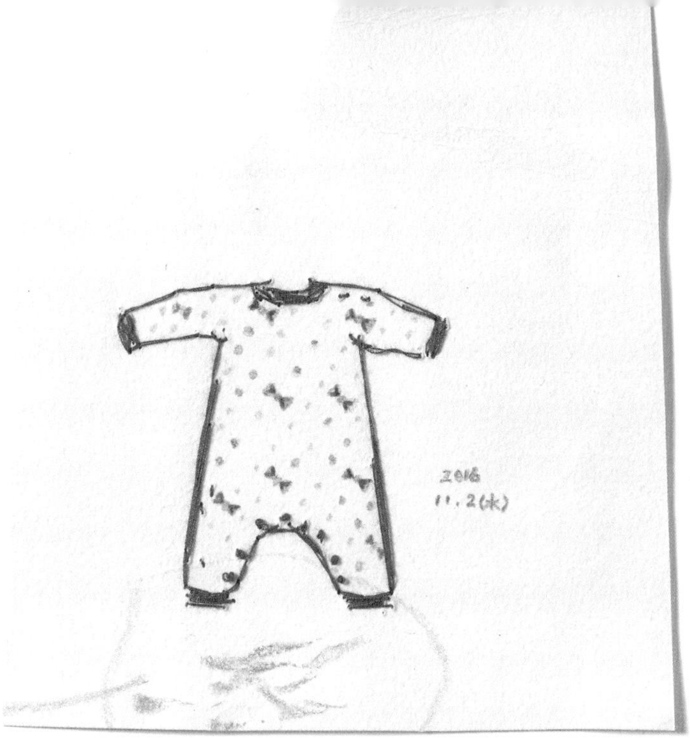

11월 2일 수요일

일이 끝나고 어린이집으로 모모를 데리러 갔다.
이불 속에서 자고 있던 모모는 내 목소리를 듣고 일어나 나를 보더니 울었다.
"엄마 늦었어. 보고 싶었어"라는 의미일까. 기다려 줘서 고마워.
8개월 모모, 다섯 번째 윗니가 나오기 시작했다.

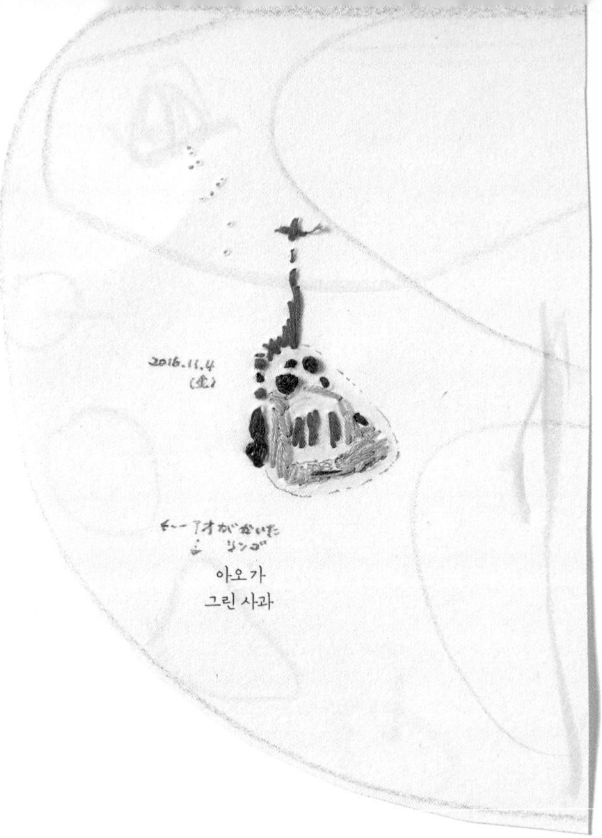

아오가
그린 사과

11월 4일 금요일

남편을 교육시키다.
보통 때는 설명하거나 부탁하는 게 귀찮아서
남편 대신 내가 먼저 움직여 버린다.
오늘 아침에는 모모와 아오를 각각 병원과 어린이집에
데리고 가 달라고 남편에게 부탁했다.
내가 직접 할 때보다 준비하는 시간이 배는 걸리지만 어쩔 수 없다.
어렵게 세 명을 같이 내보낸 하루다.

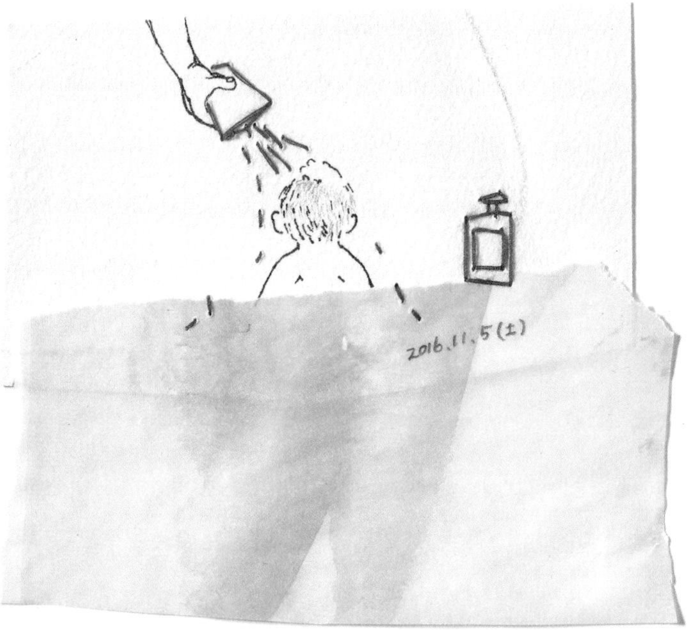

11월 5일 토요일

모모의 머리를 감기려는데,
욕조 안에서 놀고 있던 아오가
갖고 놀던 푸딩 컵으로 모모 머리에 물을 주르륵 부었다.
갑자기 일어난 일에 나도, 모모도 깜짝 놀랐다.
"난 오빠니까!"
아오 혼자 만족스러워 보였다.

11월 6일 일요일

집중해서 할 일이 있는 날이면
아이들이 빨리 잠들었으면 좋겠다고 생각한다.
그러면서도 한편으로는 미안한 마음이....

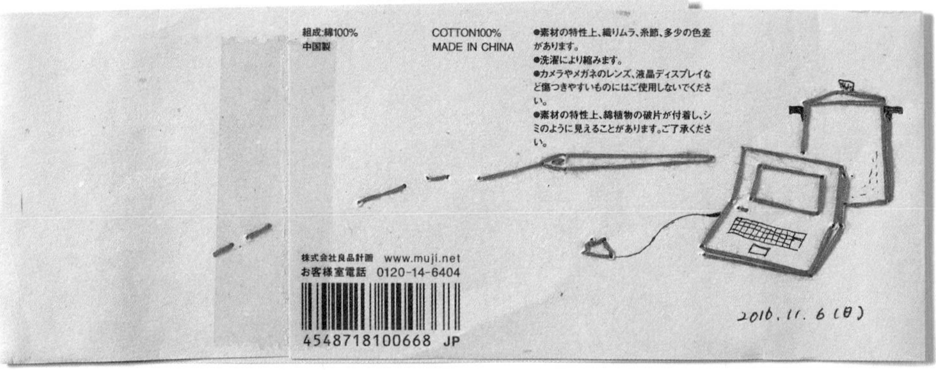

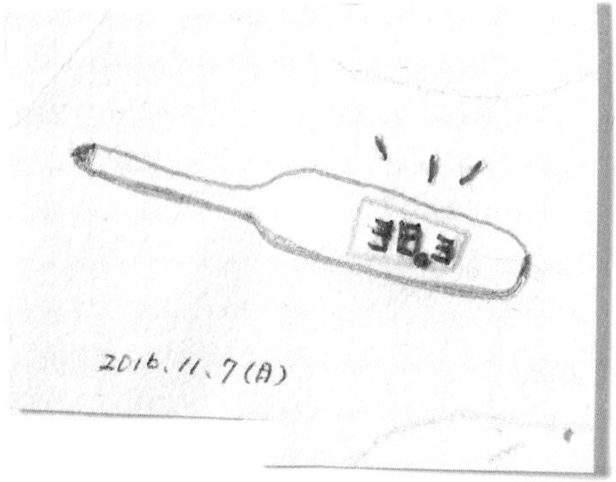

11월 7일 월요일

아이들을 재우려다 따뜻해서 나까지 자 버리는 경우가 많다.
그런 날은 '아, 또 자버렸네' 하며 반성을 하게 된다.
그런데 오늘은 잠자리가 따뜻함을 넘어 뜨겁다? 응?
모모가 열도 있고 콧물도 난다.
설사는 슬슬 나아졌는데.... 허둥지둥.

11월 8일 화요일

사실은 더 상냥하고
싶었는데....

11월 9일 수요일

잃어버린 후에야 깨달은 것들.
고열, 콧물, 기침, 빨개진 얼굴에 어린이집을 결석하고
오랜만에 종일 모모와 시간을 보냈다.
내 얼굴을 보고 미소 짓고, 손을 뻗어 내 볼을 만진다.
어린이집에 가기 전에 이렇게 조용하고 행복한 시간을
함께 보냈던 기억이 떠올랐다.
날씨는 추워지고 모모는 중이염이지만, 좋은 하루였다.

11월 11일 금요일

한 장의 이불.
자기 이불에서 자고 있던 아오도 아침이 되면 꼭 이런 꼴이다.
따뜻하긴 한데 답답하다.

11월 12일 토요일

강 둔치에서 공놀이를 했다.
이리저리 공을 굴리며 노는 아오와 잡초를 뜯어 먹으려는 모모.
단풍잎 카펫 위를 걷기에도 기분 좋은 날씨였다.

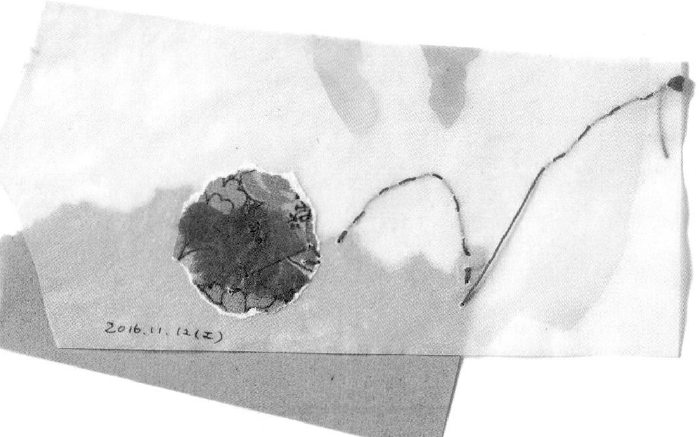

11월 14일 월요일

너무나 기분이 좋다.
익숙하지 않은 일이지만 집에 돌아오면
모모의 미소와 웃음소리에 치유가 된다.
잠들 때까지 한 번도 울지 않았네.

2016.11.17(木)

11월 17일 목요일

아오의 고릴라 그림 옷.
"고릴라가 바나나를 먹으면 좋지 않을까?"
아오의 제안에 따라 펠트로 나무와 바나나를 만들었다.
아오가 가위질도 하고, 처음으로 바느질에도 도전!
바늘과 실을 놀리며 아오가 묵묵히 손을 움직인다.
나도 모르게 간섭하게 될까 싶어 꾹 참았다.
아오는 완성한 옷을 입고 만족스러워 했다.
('와타나베' 발음이 어려워 "와타바메"라고 말하는 네 살 아오)

11월 18일 금요일

아오가 어린이집 신발장에 도토리를 모아 놓았다.
모모에게 장난감 악기를 만들어 준단다.
오늘 아침, 빈 페트병에 도토리를 넣어 악기를 완성했다!
크기도 소리도 좋아, 모모도 마음에 들어 하는 눈치다.
아오, 굉장해.

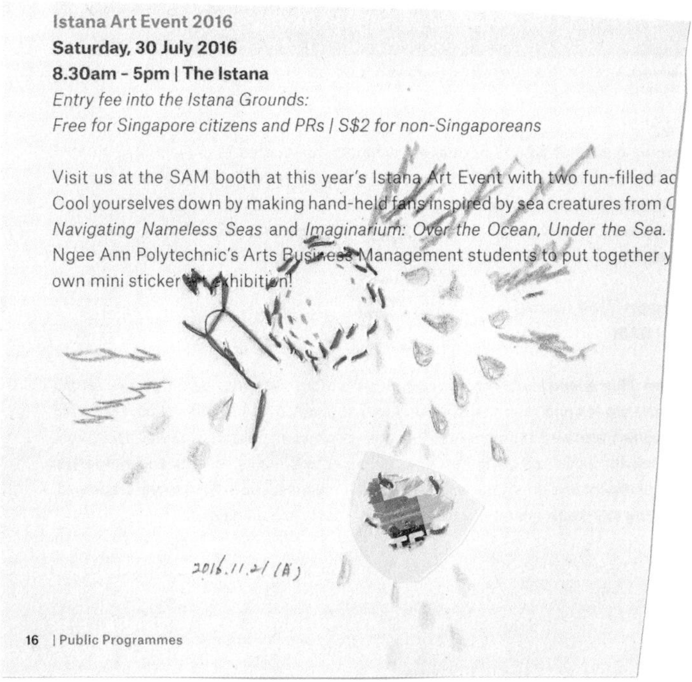

11월 21일 월요일

목욕을 마치고 평소처럼 우유를 주려하자 거부하는 모모.
계속 마다하며 울기 시작했다. 이유를 몰라
안고 달래려 하자 입 속에 작은 비닐 조각이!!
아마도 "앵~앵~(= 엄마 입 속에 뭐가 있으니까 빼 줘)"라고
나에게 호소하고 있었나 보다.
너무나 섬뜩해서 남편과 아오에게 이제부터 작은 조각에
더 주의하자고 확인시킨 밤이었다.
비닐 조각을 뺀 후에 모모는 언제나처럼 온화하게 잠들었다.

11월 22일 화요일

"나는 바쁘니까 엄마 먼저 자고 있어"라며
아오가 이불에서 벗어나 1층으로 내려갔다.
30분 정도 지나면 돌아오려니 하고 기다리다 잠이 들었다.
12시쯤 잠에서 깼는데 아오가 없었다.
1층에 갔더니 아오가 남편 옆에서 진지하게 그림을 그리고 있었다.
일이 바빴구나. 하하하.
(이런 그림이 그려진 색종이가 수십 장)

11월 24일 목요일

남편에게 육아에 대한 의욕이 생겼다!
오래된 포대기로 모모를 업으려는데,
어쩔 줄 모르는 모습에 나도 모르게 도와주려는
충동이 불끈 솟아올랐지만 참았다.
참 잘했어요, 박수!
아빠의 넓은 등에 업힌 모모.
끈으로 꽁꽁 묶여 옴짝달싹 못할 만큼 착 달라붙어 있는 모습이
꼭 무슨 판자에 붙어 있는 것 같아서 웃음이 났다.

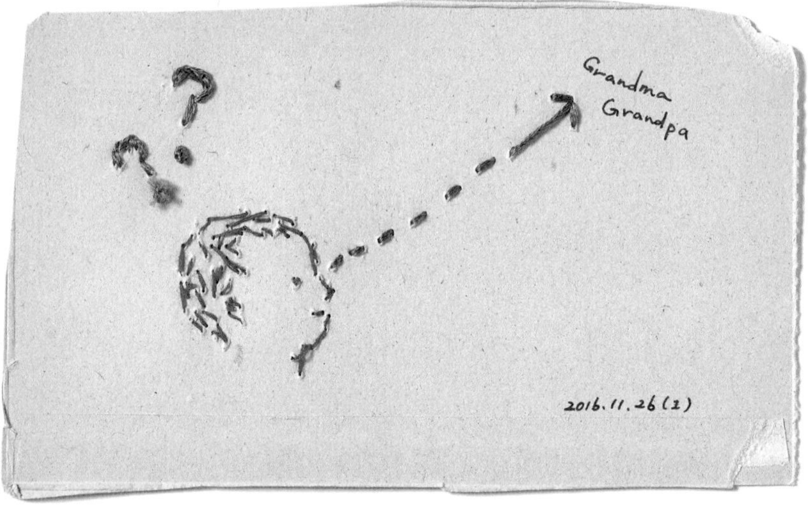

11월 26일 토요일

아침에 일어나니 모모에게 낯선 얼굴이 둘이나 있었다.
"누구지?"라고 묻는 표정으로 모모가 두 사람을 빤히 본다.
그러더니 확인하는 것처럼 내 얼굴을 힐긋 쳐다본다.
할아버지, 할머니라는 사실을 알고 나선 안심한 듯 방긋 미소 짓는 모모.

11월 27일 일요일

할머니 이불에서 같이 잘 만큼 할머니를 좋아하는 아오.
할아버지 무릎 위에 오도카니 있는 모모.
부모님 덕분에 가나자와 관광을 즐겼다.
시장에서 회전초밥을 먹고 미술관에서 작품을 감상했다.

スペシャル
ワークショップ
みんなでつくる
トイザウルスの世
2016.11.27(日)
海みらいアートプロジェクト 201
みんなでつくる
トイザウルスの世界

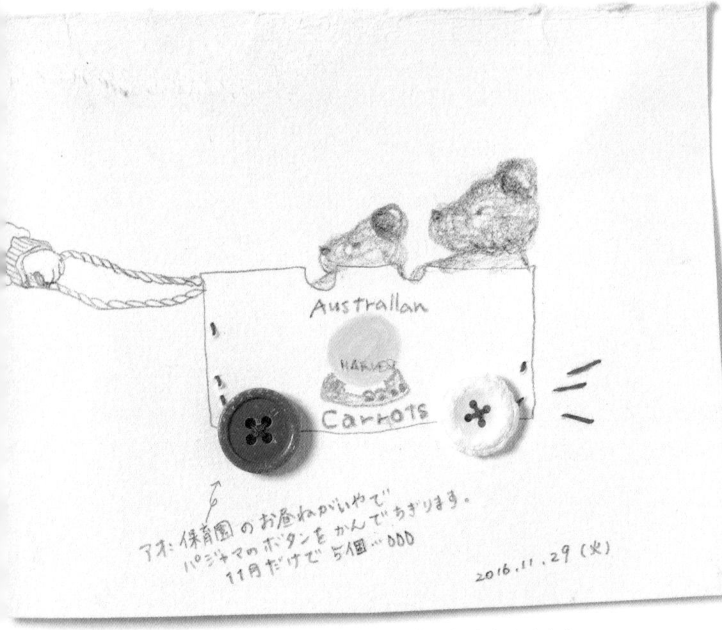

아오는 어린이집 낮잠 시간이 싫어서
잠옷 단추를 입으로 물어뜯곤 한다.
11월에만 5개째.

11월 29일 화요일

"아오 손가락이 부러진 것 같아!"
남편 전화를 받고 허겁지겁 병원에 갔더니
"여기 주스 있어?"라고 말하며 건강해 보이는 아오.
자동차 문에 손이 끼었다는데 진단 결과는 베인 상처뿐이라 밴드만 붙이고 끝났다.
그 후 마트에 가서 많은 양의 물건을 구매하고 상자를 얻어 집으로 돌아왔다.
상자가 예쁘고 튼튼해서 장난감을 만들기에 안성맞춤이었다.
아오는 바로 곰 인형을 태울 자동차를 만들었다.
초조해하고 안심하고, 오늘도 많은 일이 있었다.
자기 전에 아오가 건넨 한마디.
"즐거운 하루였어."
다행이다, 다행이다.

11월 30일 수요일

퇴근길에 허둥지둥 이런저런 일을 처리했다.
아직 여섯 시도 안 됐는데 꽤 어둡다.
그렇구나. 내일부터 12월이다.

12월 1일 목요일

직장에서 갓 수확한 파를 받았다.
거기다 사장님이 소고기도 사 주었다.
아싸! 오늘 밤은 스키야키다!
대파를 안은 채 자전거를 타고 집에 가는 길에
어린이집으로 아픈 아오를 데리러 갔다.
13kg이 넘은 아들을 업고 가는 15분간의 여정은 역시 힘들었다.
등에서 건강해 보이는 아오.
건강하면 걸으라고 하겠지만, 오늘은 아팠으니 특별하다.
아, 배고프다.

12월 5일 월요일

아오 "모모, 안 돼! 여기 오면 안 돼!"
모모 "부우, 바부우."
모모는 연신 싱글벙글이다.
동생이 다칠까 봐 염려해주는 건 좋지만,
조금만 더 다정한 목소리로 걱정해 주면 좋을 텐데....

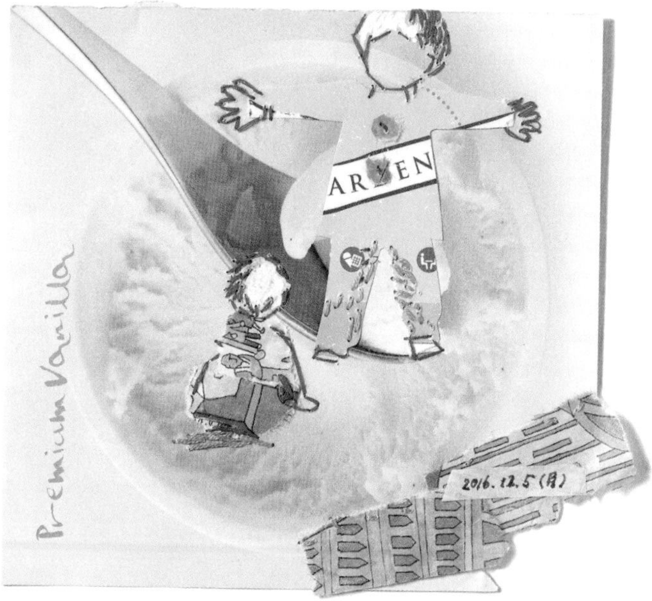

2016.12.6(火)

12월 6일 화요일

네 살치곤 말을 상당히 잘하는 편인 아오.
그런 아들과 진지하게 싸우는 나.
어른스럽지 못한 건 알지만, 나도 모르게 그만 진심이 되어 버린다.
아오 "아, 엄마 마음대로 해. 그렇게 하면 도둑한테 잡혀갈 걸?"

Image: Singapore Art Museum

Do any of the sticker-objects in the installation look familiar to you?
Does your family also place similar objects outside your home?

12월 7일 수요일

모모의 어린이집 참관.
엄마 얼굴을 보면 방긋 웃는다.
정말 맛있어 보이는 이유식을 손에 쥐고 와구와구 먹는다.
생각했던 것보다 이유식 양이 많다. 집에서도 양을 늘려 줘야겠다.
"엄마, 걱정마. 나 잘 지내고 있어"라고 말하는 듯이,
선생님을 보고 웃기도 하면서 잘 논다.
참관이 끝난 후에는 미소를 지으며 엄마를 배웅을 해주기까지 했다.

12월 8일 목요일

과자 하나를 혼자 다 먹는 아오.
먹고 싶은 얼굴로 바라보는 모모.
두 개 있으니 사이좋게 나누어 먹었으면 좋겠다고 생각하는 엄마.

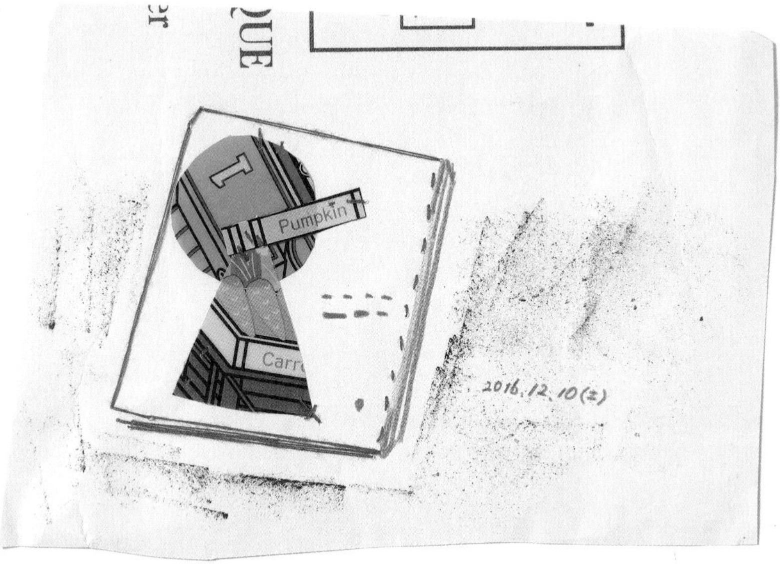

12월 10일 토요일

약속한 대로 자기 전에 책을 네 권 읽어주려는데,
"엄마, 아오가 읽어줄게"란다.
아직 글씨를 모르니 책을 들고는 외운 내용을 이야기해 준다.
긴 이야기도 있는데 거의 완벽하게 읽어서 놀랐다.
아이들의 흡수력은 대단하구나.
나도 어렸을 때는 친구들 전화번호를 20개 이상 외웠었는데,
핸드폰이 생기면서 외울 필요가 없어지니 기억하는 번호가 없다.
너무 편리해진 세상에서 뇌가 퇴화하고 있구나. 단련이 필요하다.

12월 12일 월요일

맛이 이상한지 모모가 연근만 손으로 잘도 골라내면서 먹는다.
어쩌면 아오보다 많은 양을 먹고 있을지도 모르겠다.
모모 9개월, 아오 네 살.

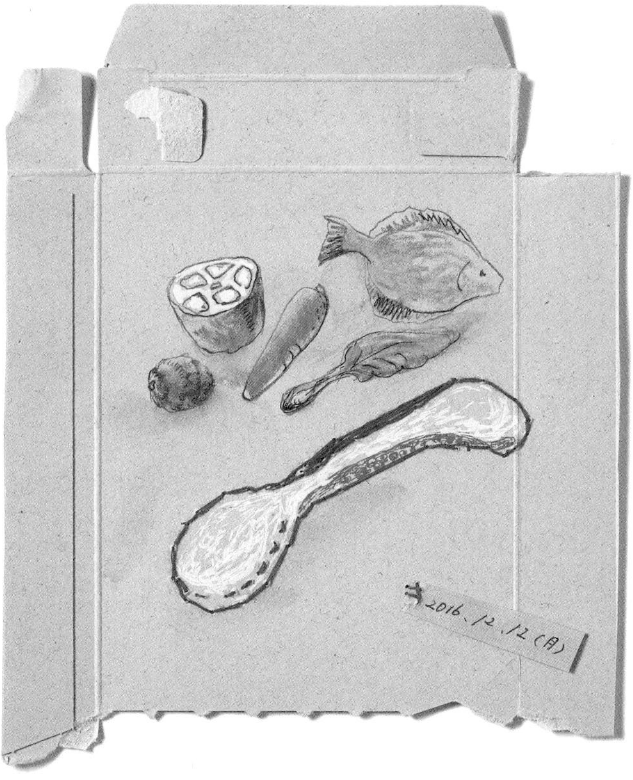

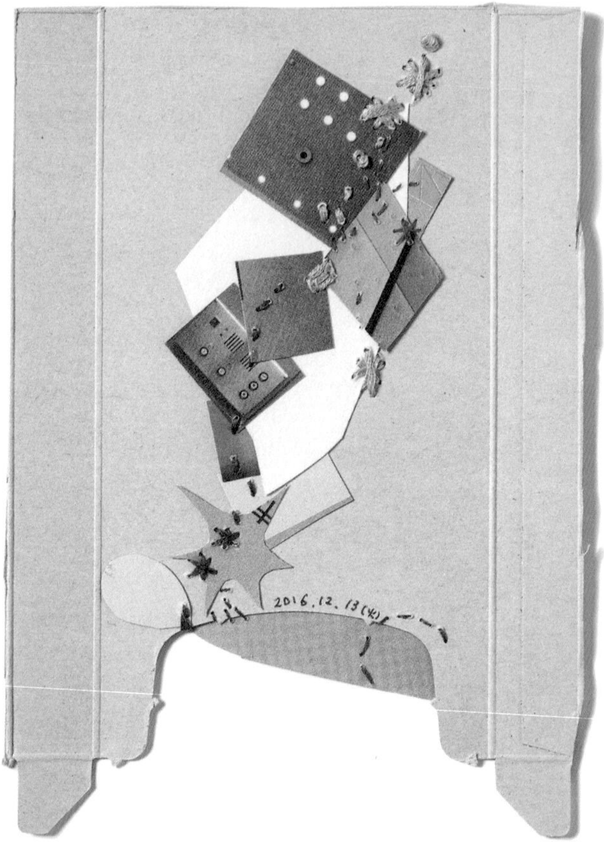

12월 13일 화요일

모모가 열이 난다고 해서 조퇴하고 싶었다.
하지만 말을 꺼내기 힘들었다.
내 대신 일할 수 있는 사람은 있지만, 모모 엄마를 대신할 사람은 없다.
엄마는 강해져야 한다.
사장님, 조퇴할게요.
일하는 엄마들, 용기를 내자구요. 화이팅!

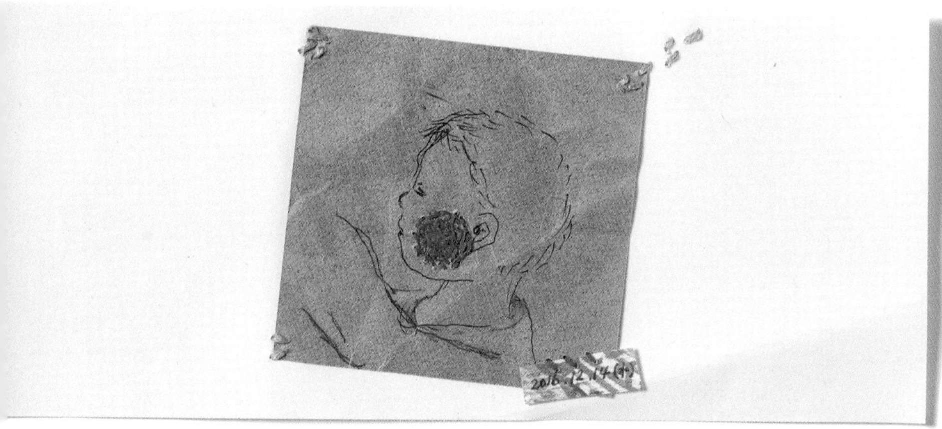

12월 14일 수요일

"엄마는 어른이니까 입술이 건조하지?"라며 명랑한 아오.
오빠 옆에서 발간 볼로 축 늘어진 모모.
웃지도 울지도 않고, 어딘가 먼 곳을 바라보고 있다.
열이 높아 힘들어 보인다.
겨우 잠들었는데 "모모 좋아해!" 하며 아오가 다시 잠을 방해한다.
내일 아침까지는 열이 내리기를....

12월 16일 금요일

아침에 일어나니 눈이 쌓여 있었다.
아오는 눈이 녹을까 걱정이 되는지 몇 번이나 창문 밖을 보러 갔다.
저녁 7시부터는 기다리고 기다리던 '도라에몽'을 봤다.
무릎을 꿇고 허리를 쭉 피고는 조금도 움직이지 않고 푹 빠져
감상하는 모습이 너무 재미있다.
일주일 중 유일하게 조용한 30분이다.

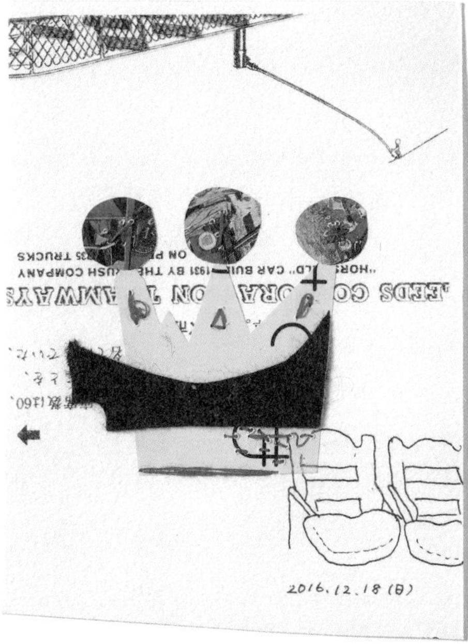

12월 18일 일요일

오늘은 조금 푸념을 늘어놓고 싶다.
네 살 남자 아이는 나쁜 말을 쓰고 괴성을 지르며 엄마가 싫어하는 행동을 한다.
다른 사람을 배려하지 않고, 친구 집에서 귤을 받으면
바나나를 가리키며 "바나나가 먹고 싶어!"라고 말한다.
요즘은 사람들에게 죄송하다고 사과하기 일쑤다.
남을 좀 더 배려해 줬으면 좋겠지만 그건 나만의 생각일까.
이렇게 함께 경험하면서 같이 성장해 가는 거니까,
생각한 대로 되지 않는 것이 당연한 일이겠지.
너그러운 엄마가 되고 싶지만 자꾸 짜증이 난다.
아직도 어른스럽지 못한 엄마인가 보다.

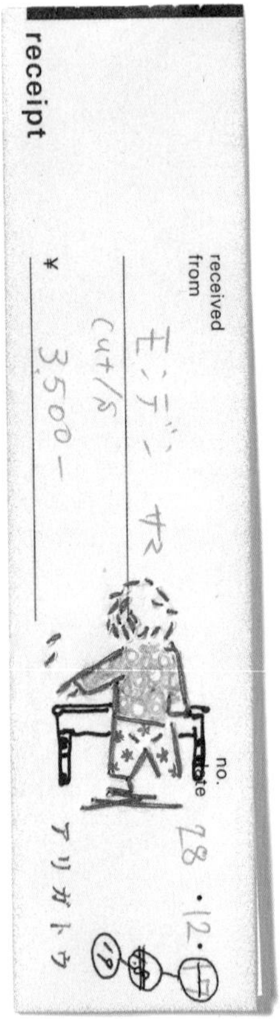

12월 19일 월요일

"앗! 또 종이 먹는다. 안 돼, 모모. 퉤 해."
얼마 전까지는 모모 손이 닿지 않던 책상인데,
행동 범위가 점점 넓어지고 지혜도 생기고 있다.
엄마는 점점 고달파진다.

12월 20일 화요일

오른손으로 먹을 듯하더니 왼손으로 먹는 모모.
모모 옆에서 음식을 먹을 때면 유독 말을 안 듣는 아오.
모모가 좋다며 의자를 나란히 놓더니, 안 떨어지게 아예 끈으로 묶는다.
왠지 둘 다 재미있어 보인다.

12월 21일 수요일

나를 위해서도, 가족을 위해서도
작품 활동만은 그만두고 싶지 않다.
무슨 일이 있어도, 절대 그만두지 않을 테다!

12월 23일 금요일

부모님께 한없이 감사하다.
제일 먼저 생일을 축하해 준 사람은 모모였다.
0시 15분. 느닷없이 일어나, 소리 내 웃고는 다시 잠들었다.
마치 축하한다고 말해 주는 것 같았다.
두 번째는 아오. 새벽 5시에 "달님이 보고 싶어"라며 일어났다.
둘이서 구름 낀 하늘을 바라보았다.
이불 속으로 돌아가더니 "엄마, 생일이네"라고 말했다.
그렇게나 높던 열이 다행히 내렸다. 다행이다.
친구들에게도 축하 메시지를 받았다. 저녁에 남편이 케이크를 사 왔다.
깜박하고 초를 안 받아와서 집에 있는 초 3개를 급히 찾아 꽂았다.
세 살이 아니라 서른일곱 살이 되었다.
작년 생일에는 뱃속에 있었던 모모가 한 살이 되었다.
좋은 한 해가 되길....

MARUBI CHRISTMAS
MARU
2016. 12. 23(金.祝)
誕生日

12월 24일 토요일

나는... 연하장 디자인이 좀처럼 정해지지 않아 고민인데,
TV 앞에서 즐거워 보이는 세 사람.
인간 트리 같다.

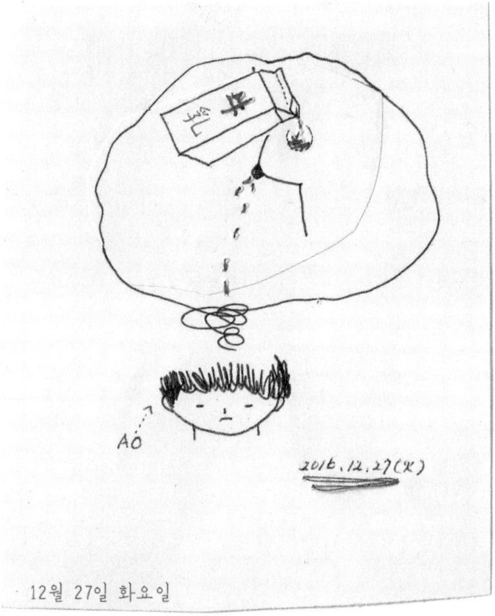

12월 27일 화요일

아오 "엄마, 찌찌 있어?"
엄마 "없어."
아오 "왜 없어? 그럼 찌찌를 넣으면 되잖아!"
(이불 속 대화)

12월 31일 토요일

연말이니 여느 때처럼 떡방아를 찧어 떡을 만들었다.
아오는 금세 만든 떡에 콩고물을 듬뿍 묻혀, 배탈 날까 걱정될 만큼 먹었다.
모모는 콧물이 계속 나와서 관찰을 요하는 상태다.
2016년, 모모가 태어났고 미술관에서 전시를 했다.
엄마로서, 작가로서 충만한 해였다.
감사한 마음이 가득하다. 이제부터 올해의 마지막 일을 해야지.
정월 요리에 포함시킬 밤 킨톤을 만들 예정이다. 모두 새해 복 많이 받으세요.

*킨톤 강낭콩과 고구마를 삶아 으깨고 밤 등을 넣어 만드는 단맛 나는 음식.

1월 1일 일요일

새해 복 많이 받으세요.
생각해보니 언니와 함께 작업한 것은,
현관에 걸려 있는 A5 크기의 장식용 그림이 처음이었다.
내가 그 해의 동물을 그리면 언니가 글을 썼다.
올해로 11년 째.
올해의 문장은 "닭의 해, 운을 잡읍시닭."
모든 분들이 운을 잡아 근사한 일 년을 보내시기를....
자, 2017년도 즐겨 보자!

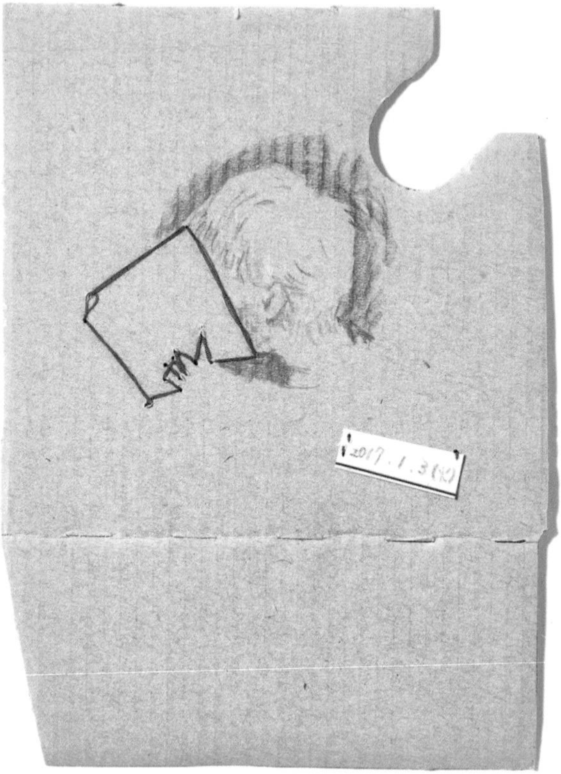

1월 3일 화요일

도움이 조금 필요하긴 해도,
모모는 혼자 두 손으로 컵을 들고 음료를 잘 마신다.
식욕이 왕성해 벌컥벌컥 그릇에 얼굴을 파묻는다.
상 위에 놓인 귤을 쥐고 통째로 먹다가 들킨 적도 있다.
모모는 정월을 맞아 턱이 두 개가 되었다.
얼굴에 국물을 자주 묻혀서 피부가 좀 터실터실하다.
10개월이라는 월령이 믿기지 않을 만큼 굉장한 먹성이다.
먹을 때 가장 행복해 보인다.

1월 6일 금요일

아오가 내 입술에 뽀뽀를 했다. 여태까지 볼에만 했는데....
"어디에서 배웠어?"라고 물으니, "TV에서 사람들이 하잖아"란다.
무서운 TV 같으니라구.
집밖에서는 다른 사람들에게 절대로 뽀뽀하면 안 된다고 일러두었다.
아들과의 뽀뽀.
별일 아니지만 왠지 기분이 조금 이상했다.

1월 10일 화요일

자수를 놓고 있자 아오가, "엄마 나도 하고 싶어. 이 실 빌려줘. 난로 만들어줘. 같이 콕콕 하자. 안 그러면 아오가 다칠 거야"라고 말했다.
아오의 요청대로 난로를 수놓았다.
추위를 잘 타는 아오에게 난로는 겨울 친구다.

1월 11일 수요일

오늘은 작업 속도가 더디다. 피곤해서 그런 걸까?
아오가 대신 작품을 만들어 주었다.
하얀 실을 고르더니 혼자 수를 놓기 시작했다.
마무리로 매직펜으로 서명까지 하고는 마지막으로 한 마디 덧붙였다.
"엄마, 이거 미술관에 가져가서 걸어."
덕분에 크게 웃었다.
오늘은 아오 작품을 포스팅했다.
도와줘서 고마워, 아오.

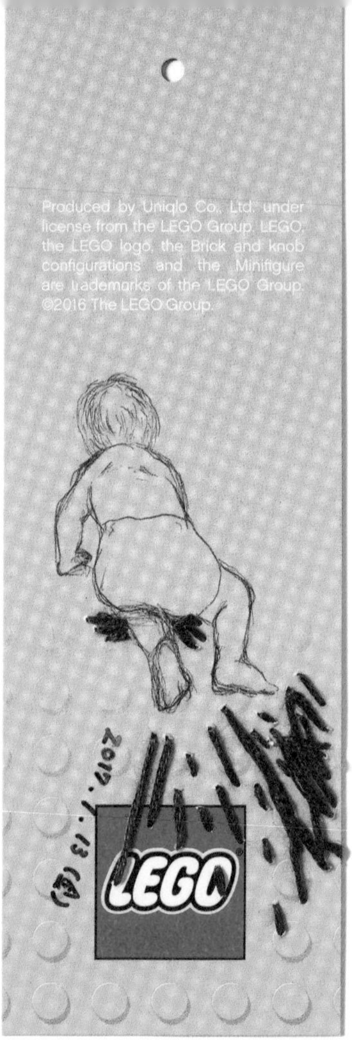

1월 13일 금요일

목욕을 마친 후 "모모야, 아직 기저귀만 찬 거니까 기다려!"라고 말했더니 아오가 왕이 된 것처럼 "엄마, 모모 공주를 확보해!" 하고 호령했다.
빠른 속도로 기어 도망가는 모모.
확보 완료!!

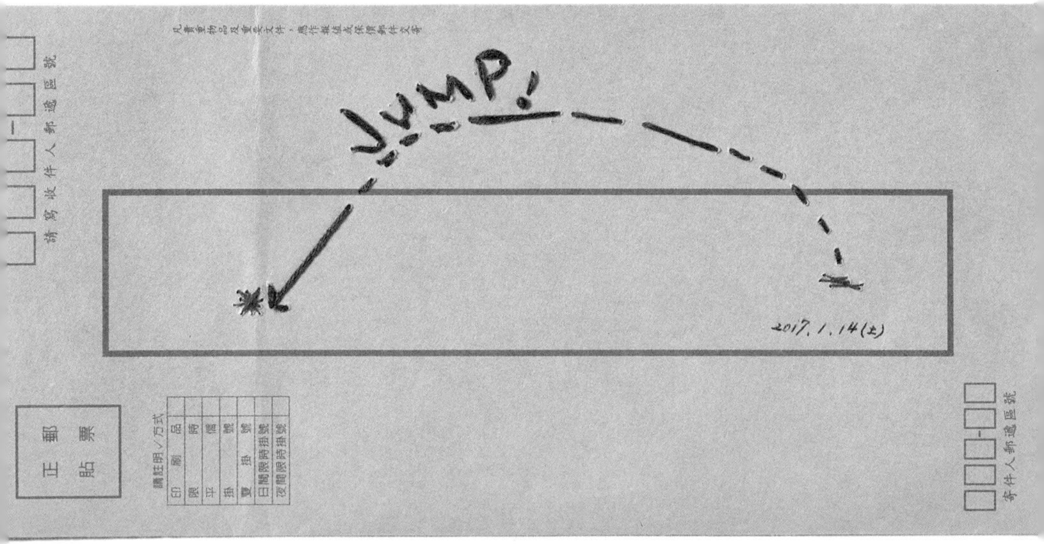

1월 14일 토요일

미로 찾기를 하던 아오가 15분이 지나도록 출구를 못 찾았다.
고민하더니 간신히 내놓은 답이 획기적이다.
"엄마, 이것 봐. 점프야!" 하며 손가락을 시작점에 올리더니
순간 공중을 날아 출구에 도착했다.
2차원이 아니라 3차원적인 해답에 감탄했다.

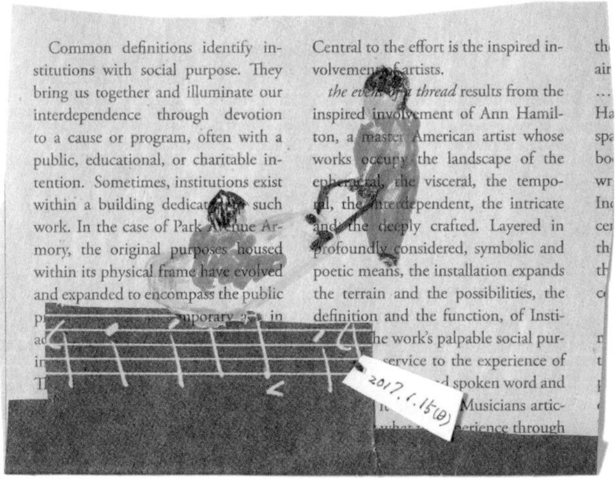

1월 15일 일요일

모모의 첫 번째 눈 놀이.
아오가 천천히 눈썰매를 끌어 주었다.
신기하다는 얼굴로 눈썹을 찡그리는 모모.

1월 17일 화요일

귀가가 늦었더니 아이들이 기다리고 있었나 보다.
문을 열자 아오가 "엄마다! 엄마, 늦었네. 모모가 기뻐하고 있어!"라고 외쳤다.
나를 본 모모는 눈이 없어질 만큼 커다란 미소를 지었다.
안 좋은 일이 있어도, 우울한 일이 있어도, 이 아이들을 위해 열심히 해야지....

1월 19일 목요일

모모가 발끝으로 서더니 생선 그림을 잡아당겨 꺼냈다.
그리고는 의자를 잡고 일어서서 만족스러운 표정으로 웃었다.
요리하는 엄마의 앞치마를 잡고 영차 하고 일어섰다.
혼자 걷기까지 한 걸음 남았다.
할 수 없었던 것을 하나둘 해내는 기쁨.
멋지구나, 모모.

1월 22일 일요일

"엄마, 봐 봐. 응? 응? 봐 봐, 간다고! 보라니까? 응?"
보고 있다는 대답에도 아오는 계속 재촉했다.
이런저런 고민 때문에 내 마음이 딴 데 가 있다는 걸 눈치챈 것 같다.
역시 아이들에게 거짓말은 안 통한다.

1월 23일 월요일

서른일곱 살인데 여전히 길을 못 찾고 있다.
계속 작품을 만들고 싶다는 것 말고는 아무 것도 정해진 게 없다.
이불 속에서 네 살짜리 아들에게
"엄마가 무슨 일을 하면 좋겠어?" 하고 물었더니,
아오가 "사람들에게 도움 되는 일을 해 주세요"라고 대답했다.
네 살짜리 아이에게 질문하는 것부터가 길을 잃은 증거라고 자책하면서도,
아들의 말이 마음에 남는다.
사람들에게 도움이 되고 싶다.

사람에게 도움이 되는 2017. 1. 23(月)
일을 해 주세요.
네 살 아오

1월 25일 수요일

눈길에서 우산과 우산을 연결해 기차놀이를 했다.
등에 업힌 모모도 꺄꺄 소리를 내며 동참했다.
지금밖에 없는 특별한 시간.

1월 26일 목요일

"모모는 아오가 안을 거야."
동생을 안아 올릴 수 있어서 기분이 좋은 아오.
덕분에 엄마는 조마조마하다. 떨어뜨리면 안 되는데....
"모모가 좋아하네. 아오, 고마워. 이제 내려 줄까?"라고 말해도
좀처럼 모모를 내려놓지 않는다. 아니나 다를까 기어이 쿵.
"모모가 바닥에 부딪혔어. 미안, 미안."
음. 미안하다는 말을 할 수 있게 된 건 굉장하지만,
동생을 안는 건 아직 안 하는 게 좋겠어.
동생 모모가 너무 좋은 오빠 아오.

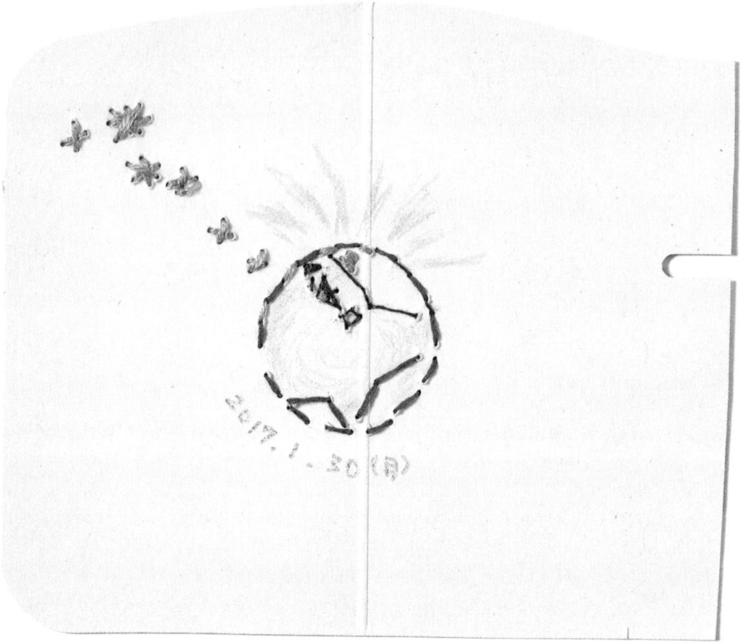

1월 30일 월요일

집으로 돌아가는 길에 아오가 오줌을 쌀 것 같다고 했다.
어쩔 수 없이 풀숲에서 소변을 보자고 하자,
"엄마는 지구가 더러워져도 괜찮은 거야?"라며 혼을 냈다.
왜 내가 혼나야 하는 걸까 생각하면서 아오의 기특한 대답에 감탄했다.
물론 엄마는 지구가 아름답길 바라.
아오는 참고 집에 와 화장실을 갔다.

2월 2일 목요일

모모의 부엌 탐험.
의자 밑으로 기어 다니거나 밥솥 버튼을 눌러보거나.
어, 안 보인다? 싶더니 울음소리가 들렸다.
모모는 제빵기 안에 왼손이 끼이고,
오른손은 제빵기 뚜껑 위에 올린 채 옴짝달싹 못 하고 있었다.
점점 눈을 뗄 수 없어진다.

2월 4일 토요일

아오 네 살. 수영 데뷔!
수영이 기다려지는지 아오는 집에서도 계속 수영모와 물안경을 쓰고 지낸다.
10분 간격으로 "이제 수영하러 가?", "아직이야"라는 대화를 반복 중이다.
두 달 전쯤부터 아오랑 친한 친구가 수영을 배우기 시작했다.
그래도 아오를 보낼 생각은 없었는데,
체험 학습에 다녀오더니 그 다음부터 친구와 수영장 다니고 싶었나 보다.
아직 모모도 어린 상황에 매주 다녀야 된다면 엄마로서는 생각이 많아질 수밖에 없다.
회비에, 필요한 물품 구입 등등 고민할 게 많다.
그런데 어느 날 저녁, 밥을 먹은 후에 아오가 두 손을 모으고
"아오도 수영장에 다닐 수 있게 해주세요"라고 기도를 하는 게 아닌가.
그렇게 진지한 모습을 보면 부탁을 안 들어줄 수가 없다.
물안경은 물론 아오가 가장 좋아하는 분홍색이다.
아이들은 가능성이 무한하니 최대한 그 폭을 넓혀 주자고 남편과 이야기했다.
날씨 좋은 오늘, 우리 가족은 작은 걸음이긴 해도 한 걸음 전진했다.

2월 6일 월요일

비어 있던 상자가 장난감으로 가득 찼다.
아오가 어질러 놓은 장난감을 모모가 하나하나 빈 상자에 넣었다.
아기 청소부 같다.

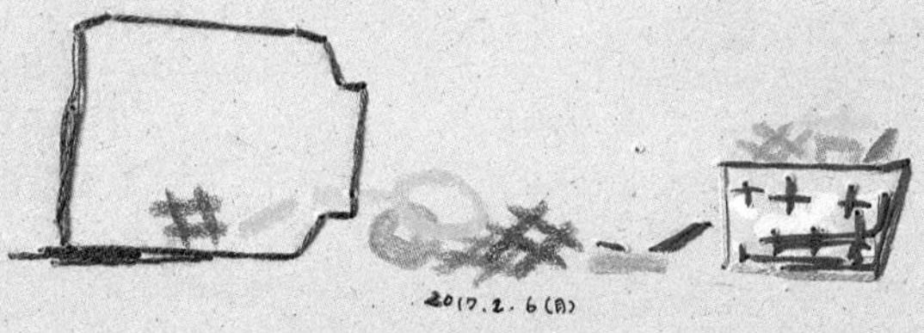

2월 8일 수요일

자수가 남자아이처럼 돼 버렸지만 모모다.
아침에 일어나니 모모 볼에 가위표 상처가 남아 있었다.
손톱이 제대로 잘려 있지 않았나 보다. 아기에게 미안한 나와 달리 남편은
"바람의 검심 같고 멋있지 않아?"라며 모모에게 말을 건다.
검심은 무슨, 얘는 여자아이라고! 따지고 싶었지만,
이렇게 긍정적이고 매일 즐거워 보이는 남편이 사실은 부럽다. 쳇....

2월 9일 목요일

모모가 '내가 밥 짓는 거 도와줄까?' 하는 느낌으로,
요리하는 엄마 곁에 와서 손잡이를 잡고 섰다.
탁하게 쉰 음성으로, 뭐라고 형용할 수 없는 목소리를 내는 모모.
어린이집 선생님 말로는, 3일 전쯤부터 큰 소리를 낼 수 있게 되면서
발성 연습 비슷한 걸 계속해 목이 쉰 것 같단다.
작업하는데 옆에서 물개 울음소리 같은 게 난다.

2월 16일 목요일

모모가 혼자 계단을 올라가서 깜짝 놀랐다.
첫돌까지 앞으로 11일.

2월 17일 금요일

남편이 머리를 자르고 왔다. 짧고 산뜻하다.
아오가 아빠를 보더니 소리를 질렀다.
"할머니랑 똑같아!"
모모는 아빠가 낯설었는지 가까이 가지 않고 울음을 터뜨렸다.
모처럼 돈 들여 단장했는데 조금 기운이 빠진 남편.

2월 22일 수요일

"아빠는 도라에몽에 나오는 퉁퉁이야. 살이 쪘잖아."
건넌방 대화인데 왜 이렇게 웃음이 나지?

2월 23일 목요일

저녁을 먹고 아오와 함께 히나 마츠리 장식을 만들었다.
색종이로 왕과 왕비를 접고 크레파스로 색칠하는데,
모모가 같이 하고 싶은 듯 다가왔다.
아오가 "모모는 안 돼! 엉망진창이 되니까"라고 했다.
결국 모모는 다른 종이에 따로 그리게 되었다.

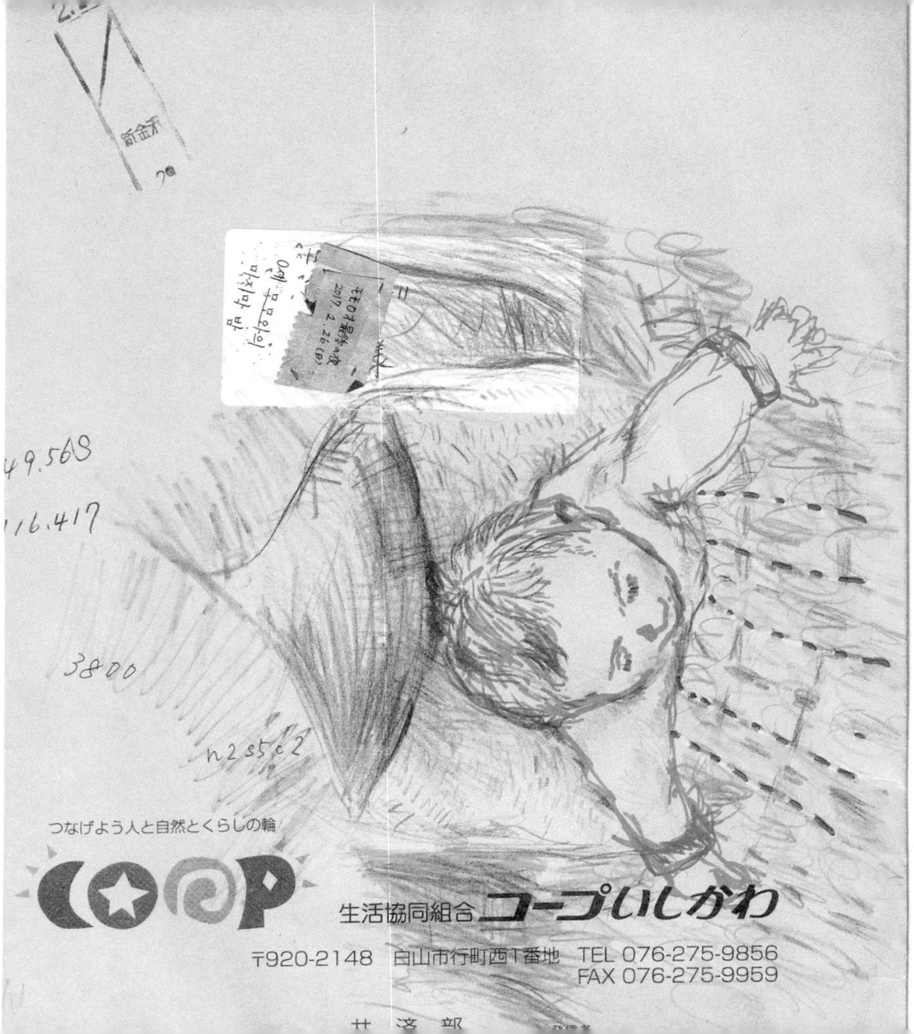

モモの最後の夜
2017.2.26(日)
0세 모모와의
마지막 밤
49.568
116.417
3800
つなげよう人と自然とくらしの輪
生活協同組合 コープいしかわ
〒920-2148 白山市行町西1番地 TEL 076-275-9856
FAX 076-275-9959

2월 26일 일요일

0세 모모와의 마지막 밤.
모모가 다리 사이에서 발간 볼을 하고 행복하게 잔다.
0세와의 이별이 서운하다.
이 시간이 영원했으면 할 정도로 사랑스러운 모모.

2월 27일 월요일

날씨 맑음, 가끔 구름. 최고 기온 6도, 최저 기온 -1도.
태어난지 1년. 주름이 져 있던 손은 살이 붙어,
뭔가를 쥘 수 있게 되었다.
본인 마음대로 움직일 수 있는 손이 된 것이다.
1년 전 그날이 무척 선명하게 떠오른다.
귀엽고, 따뜻하고, 작았지....
한 살이 된 모모는 벽 같은 데를 잡고 걸을 수도 있고,
'안녕'이라고 하며 손을 흔들 줄도 안다. 이도 여덟 개나 났다.
아오가 정말 많이 귀여워해 주는 덕분에
모모는 늘 미소 띤 얼굴로 깔깔 웃는다.
모모, 태어나줘서 고마워.
아오, 오빠가 된 1주년을 축하해.

모모 1세

福音館書店
補充注文カード

注文数 2017.2.28(月) 冊

書名
ブルーナの絵本
ちいさなうさこちゃん
ディック・ブルーナ 文・絵／石井桃子 訳
定価
(本体700円+税)

9784834000269
ISBN978-4-8340-0026-9
C8798 ¥700E

2월 28일 화요일

나만의 규칙.
수영장에서 친구가 정리한 키 판이
제대로 안 되어 있는 게
용납하기 힘들었나 보다.
혼자서 그걸 다시 정리하는 아오.
유리 너머로 보이는
자그마한 모습이 비현실적이다.

3월 1일 수요일

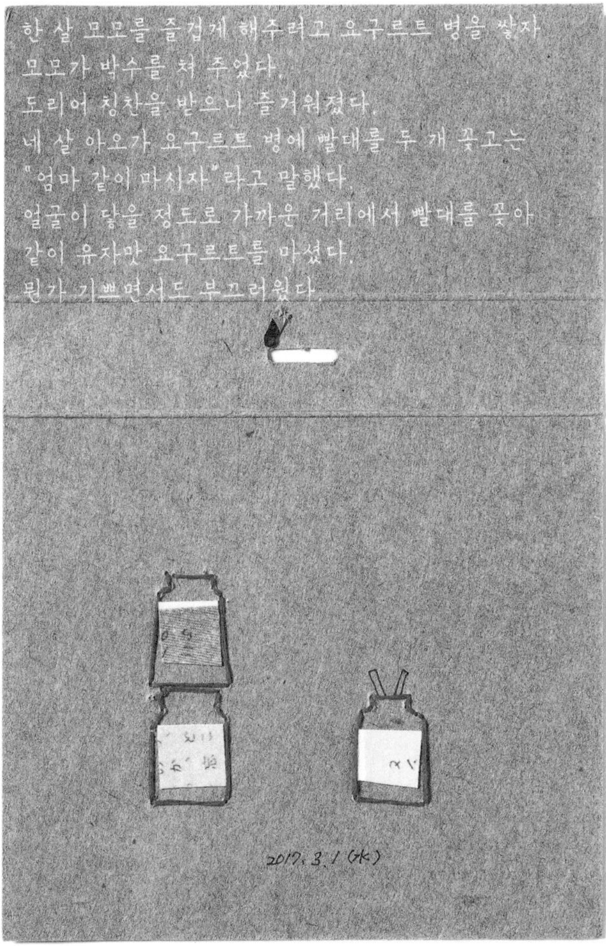
한 살 모모를 즐겁게 해주려고 요구르트 병을 쌓자
모모가 박수를 쳐 주었다.
도리어 칭찬을 받으니 즐거워졌다.
네 살 아오가 요구르트 병에 빨대를 두 개 꽂고는
"엄마 같이 마시자"라고 말했다.
얼굴이 닿을 정도로 가까운 거리에서 빨대를 꽂아
같이 유자맛 요구르트를 마셨다.
뭔가 기쁘면서도 부끄러웠다.
2017. 3. 1 (水)

3월 5일 일요일

모모의 첫 번째 히나 마츠리.
모모를 위해 치라시즈시와 대합국을 준비해 온 지인 부부.
방에다 어머님께서 만들어 주신 히나 인형을 장식해 놓고 함께 기념사진을 찍었다.
기념할 일이 한 가지 더 있었다! 모모가 처음으로 두 걸음을 걸었다.
지인 부부의 친절함에 감사한 날이다.
모모는 행복하겠네.

3월 7일 화요일

어린이집에서 모모가 열이 난다는 연락이 왔다.
조퇴를 하고 모모를 데리러 갔다.
모모를 안고 아오와 이야기를 나누며 눈길을 걸어 집에 왔다.
쑥 자라 버린 아오의 뒷모습.
비록 모모가 열 때문에 힘들어 보였지만,
조용하고 온화한 그 시간이 행복했다.

3월 8일 수요일

아오가 젓가락 잡는 법이 신경 쓰이는 모양이다.
지금까지는 젓가락을 포크처럼 사용했던 아오.
교정용 젓가락으로 사용법을 가르칠까 하다가 남편이
"그런 거 안 해도 우리 모두 젓가락질을 배웠으니
굳이 안 사도 될 것 같다"고 해서 그대로 두고 있었다.
아오가 우리를 따라 젓가락질을 하려고 노력한다.
아직 제대로 할 수는 없지만 네 살 아오에게는 큰 진전이다.
예쁘게 젓가락을 사용할 수 있도록 천천히 가르쳐야지....
하지만 가르치는 건 어렵구나.

3월 10일 금요일

아오의 어린이집 참관 날.
10분이나 빨리 도착해 버렸다.
아오가 어떨지 두근거리는 마음으로 교실에 가보니
혼자 외롭게 공작을 하고 있었다.
참관 시간이 30분이나 앞당겨진 걸 몰랐던 나.
다른 엄마들은 어떻게 알았지? 불안불안.
아오가 나를 보더니 "엄마 늦었잖아. 일 갔었어?"라고 투정을 부리며,
의자 뒤에 붙어 있으라고 어리광을 피웠다.
만들기 시간에 목걸이를 만들었는데,
마지막에 선생님이 "엄마한테 선물할까?"라고 하자 아이들이 엄마 목에 걸어줬다.
내 목에도... 음?
아오는 자신이 만든 목걸이가 마음에 들었는지 선뜻 선물하지 못했다.
그리고는 "엄마도 직접 만들어"란다.
아오스러워서 웃고 말았다.
시간을 깜빡한 엄마를 용서해 줘.

3월 15일 수요일

동생이 먹는 약이 부러웠는지 실감나게 열연하는 아오.
"엄마, 나도 아파."
"모모만 만날 약 주고, 너무해."
아이가 약을 좋아해도 곤란하다.

3월 16일 목요일

아오가 토하고 힘들어서 모로 누워 있다.
그런 오빠를 모모가 올라탔다.
모모는 제 나름으로 오빠가 걱정되는 모양이다.
모두 빨리 나았으면 해.

2017. 3. 19 (日)

3월 19일 일요일

아직 혼자서는 세 발자국밖에 떼지 못하는 모모.
하지만 아오는 어떻게든 모모와 손을 잡고 걷고 싶다며 말을 안 듣는다.
모모는 오빠 손에 이끌려 불안정한 걸음으로 아장아장 걷는다.
동생과 같이 있으니 정말 커 보이는 아오,
모모도 그런 오빠가 싫지 않은 눈치다.
이렇게 남매는 자라고 있다.
(강가에서 꽃을 따다)

작가의 말

아이 둘이 잠든 밤,
나 홀로 콕콕.

어릴 적, 철공소에서 일하시던 아버지를 곧잘 도와드렸던 저에게 철은 친근한 소재였습니다. 대학에 진학해 철로 된 큰 조각 작품을 만들었던 것도 그 때문이었습니다. 하지만 대학을 졸업하고 나니 환경이 많이 달라졌고, 철로 작업을 계속하기는 어려웠습니다. 최소한의 도구로 평생 작업을 이어갈 수 있는 방법을 찾고 싶었습니다. 그러던 어느 날, 우연히 빨간 실을 얻게 되었고, 그걸로 바느질을 해보자는 생각이 들었습니다. 종이에 바늘을 꽂는 순간, 철을 용접할 때와 같은 강렬한 느낌을 느꼈습니다. 그때부터 저는 종이에 자수를 놓기 시작했습니다. 선명하고 아름다우며 강한, 빨간 실로 말입니다. 빨간 실로 자수를 놓다 보면, 마치 몸 안에 피가 흐르듯 종이 조각에 에너지가 흐르는 느낌이 듭니다.

모모를 임신한지 7개월, 아오가 세 살이 되었을 무렵부터 자수 일기는 하루에 하나씩 매일 기록하는 일상이 되었습니다. 너무나 당연하게 느껴지는 시간이지만, 돌아보면 아름답고, 지금밖에 없는 그 특별한 일상을 말이죠. 자수 일기는 저에게 기록임과 동시에 기억입니다.

자수 일기에 등장하는 아오는 이제 다섯 살, 모모는 두 살이 되었습니다. 제가 식탁에서 자수를 하고 있으면 아오는 "엄마, 또 콕콕하고 있어? 그만하고 나랑 놀자~"라며 직접 만든 변신 벨트를 허리에 두르고 검을 손에 쥐고 집안을 뛰어다닙니다. 모모는 사랑스러운 표정으로 "엄마"를 부르며 다가와 도와주려는지 가위나 색연필을 건네느라 바쁩니다. 두 아이는 가끔 싸우기도 하지만, 밤이면 사이좋게 꼭 붙어 잠에 듭니다. 아이들은 그렇게 조금씩 함께 커가고 있습니다.

마지막으로, 자수 일기를 사랑으로 대해 준 편집자 분들에게 감사를 드립니다. 그리고 이 책을 읽어 주신 모든 분들의 하루하루가 사랑스러운 나날이기를 바랍니다.

2018년 3월 7일

몬덴 에미코

지은이 몬덴 에미코
콜라주 아티스트, 아들 아오와 딸 모모의 엄마, 생계형 노동자.
1979년 일본의 소도시에서 네 자매 중 둘째로 태어났습니다.
어렸을 때부터 손으로 무언가를 만들거나 그리는 것을 좋아해
철공소에서 일하는 아버지의 일을 돕곤 했습니다.
대학에서 금속 조각을 공부했습니다. "밥을 먹고 잠을 자는 일상처럼 창작을 계속하고 싶다"는 마음에
금속이 아닌 작업 방식을 고민하다 바늘을 잡았습니다.
둘째가 태어나면서부터 자수 일기를 쓰기 시작했습니다.
아이가 먹은 과자 봉지, 네 가족이 처음 같이 본 공연 티켓, 아이 약봉지 등
일상에서 만난 종이 위에 빨간 실로 자수를 하거나 모빌을 만듭니다.

옮긴이 편설란
오사카 대학에서 인류학을 공부하며 사람을 통해 세상을 읽는 법을 배우고 있습니다.
진심이 담긴 이야기에는 세상을 바꾸는 힘이 있다고 믿습니다.

모모네 자수 일기

2018년 4월 25일 1쇄 발행
지은이 몬덴 에미코 | 옮긴이 편설란 | 기획 조윤주 | 디자인 오필민
펴낸곳 도서출판 단추 www.danchu-press.com hello@danchu-press.com
출판등록 제2015-000076호

ISBN 979-11-961752-4-5 03830
이 도서의 국립중앙도서관 출판예정도서목록(CIP)은 서지정보유통지원시스템 홈페이지(seoji.nl.go.kr)와
국가자료공동목록시스템(www.nl.go.kr/kolisnet)에서 이용하실 수 있습니다.(CIP제어번호: CIP2018005941)